山奥
ゆるり
育ちの俺の
異世界生
もふもふと最強たちに可愛がられて
二度目の人生満喫中
JN078084
蛙田アメコ
Illustration OX

[キャラクター]
CHARACTERS

ユウキ
事故により異世界転生した元サラリーマン。
雪と暗闇に閉ざされた『魔の山』に
赤ちゃんの姿で転生する。
常人離れした母たちに育てられた結果、
異世界の常識をやや誤解している。
Yuki
「山奥からきました！」
「わんっ！」
ポチ
ユウキが魔の山で拾った愛犬。
普段は愛らしい子犬の姿だが、
その正体はかつて魔王に仕えた
魔獣の王フェンリル。
ユウキに懐いている。
Pochi

ルーシー
赤ん坊だったユウキを助けた女狩人。
『魔の山』に暮らすが、
腕利きのため魔獣が出たら
遠方でも駆り出される。
ユウキの母 兼 師匠。口下手。
Lucy
「ユウキ、強くなりたいのだろう？」
「ユウキさん、とびきり可愛いですすっ！」
オリンピア
『魔の山』を守る高位精霊。
ルーシーとともに赤ん坊だった
ユウキを母親として育てる。
天真爛漫だが心配性で、
常にユウキへの愛は重め。
Olympia
「うっ、申し訳ございません……っ！」
サクラ
聖女育成機関
「ミュゼオン教団」の見習い聖女。
貴族の出身だが同僚からは疎まれており、
自己肯定感が非常に低い。
Sakura

「ユウキ。そろそろ、この家を出てもらおうと思う。独り立ちだ」

「えっ!!」

「…ポチも連れていっていい」

「わんっ!」

「よかった!」

山奥育ちの俺のゆるり異世界生活

もふもふと最強たちに可愛がられて、二度目の人生満喫中

蛙田アメコ

Illustration OX

My relaxing life in another world,
raised deep in the mountains

目次

プロローグ、山奥から来ました

規格外のバケモノがいる。

そんな噂が王都アルベルに駆け巡り始めたのは、いつからだろうか。

男たるもの、女たるもの。

少しでも腕に覚えがあるならば、そんな噂が聞こえてくれば心が躍るものだ。

筋骨隆々の男たちがひしめきあうこの酒場では、様々な噂話が飛び交う。

砂漠の砂粒のように雑多な噂話の中から砂金のように有益な情報をより分けようと、男たちが肩を寄せ合い酒を傾ける。世界各地からやってきた腕自慢たちだ。王都近辺に出没する魔獣の駆除で生計を立てている。人間以外の種族も珍しくない。

魔獣狩りや冒険家稼業で身を立てようという猛者が集う店である。酒も料理も味は上々、王都にひしめく酒場の中でも老舗といえる。さらには近頃、誰も食べたこともないような独創的で美味な料理を出すようになったと評判だ。

その片隅で若い男に連れられた男児がちょこんと座って食事をしている。獣人族なんかよりも、ずっと珍しい客だ。

年の頃は、六才か七才か。

身なりも整っているし、つやつやの黒髪にふにふにでバラ色のほっぺた。ずいぶんと可愛らしい顔をしている。服装からかろうじて男児とわかるが、もしかしたら女の子だと間違われることもあるかもしれない。

男の子の足元では、これまたお行儀よく犬が丸まっている。

だが、常連たちの視線は冷たい。

ガキがこんなところに来るな、というオーラを隠すつもりがないようだ。

たしかに場違いな食事客だが、保護者の男も物静かで、本人もとても行儀のいい子どもだ。

好戦的な客たちが、彼らの存在にクレームをふっかける隙がない。

「知ってるか？　図書館の大魔導師が弟子をとったって」

「あの偏屈な堅物が⁉　才能なきものは去れ、とかいって王立学院主席を次々に追い返したやつだろ」

「で、なんでもその弟子ってのが十才にもならないガキらしい」

「ははは、冗談だろ？」

「で、王太子殿下にも気に入られてて」

「ますます眉唾だな」

「噂によればだが、大精霊の加護をうけた特別な子どもで、しかも！　あの伝説の戦士……グラナダスの隠し子だとか」

「設定盛るのもいい加減にしろよな、どうせならもっとマシな嘘つけタコ」

「本当なんだって！　珍しい黒髪で、犬っころをつれてるらしい」

「黒髪で、犬を……？」

たしか、そんな子どもをどこかで。

全員の視線が、騒がしい酒場の片隅に注がれる。

「……ふぁい？」

カウンターの隅で、この店の常連すら見たことがない卵料理を頬張っていた黒髪の子どもがピタリと動きを止めた。足元では毛足の長い犬がすまし顔をしている。

「……ぼくに、なにかごようですか？」

きょとん、としている子どものつぶらな瞳。

酒場の男たちは一斉に毒気を抜かれたようになる。

なんだ、思い過ごしか……と。

「いや、なんでもねぇよ。飯食ってるとこ邪魔して悪かったな」

「とんでもない。ぼくのほうが、おじゃましていますので」

「ははは、こりゃできたガキんちょだ。どっから来たんだ」

「えっと、やまおくから」

「へぇ、その歳で王都に出稼ぎかい。一杯おごってやろうか」

「おさけはのめませんっ」

わたわたと慌てた様子に、どっと場が湧く。

ひとしきり笑った客たちの意識は可愛らしい坊やから、色気をただよわせた酒場の娘たちにすぐに移った。

「……あぶなかったぁ」

ほっ、と男児――噂のバケモノことユウキ・カンザキは、安堵(あんど)の溜息(ためいき)をついた。

あぶない、あぶない。

「すまないですね、付き合わせて」

隣からこそりと話しかけてくる美男子に、ユウキは親指をたててみせる。

「ううん、たまにはいきぬきはひつようですっ」

美男子もとい、このアルベルティア王国の若き王子殿のお忍びでの裏路地飲み歩きについてきてみたけれど、なんだか大変なことになってしまっている。

「オトナになるのも、らくじゃないな」

ユウキはぽつんと呟いた。

一、こりゃ、死んだわ

あ。こりゃ、死んだわ。

目の前に迫り来る通勤快速特急（新宿行）を呆然と見つめて、勇樹は思った。

神崎勇樹。誕生日を迎えたばかりの三十三才児である。

そう、三十三才児。いいおっさんが児童を気取っているわけではない。もちろん、バブっているわけでもなければ、オギャっているわけでもない。

勇樹がガキんちょと呼ばれていたころには、スーツを着たサラリーマンたちはみんな立派なおっさん、もとい、オトナに見えた。

自分が同じ立場になって思い知る。

オトナってのは、中身はガキのままで肉体ばかりが年を取ってしまった生物なのである。たぶん、老人ってのもそうだ。中身はたぶん十七才くらいで年齢が止まっている。

昨日まで有休消化のために（なかば無理矢理）連休を取得していたわけだけれど、連休明けの出勤というのは何故こんなにもツラいのか。

有意義な休暇だった。オンラインゲームの素材集めをしながら動画サイトで科学や生物、世界遺産とかの解説動画を見まくって、好奇心を満たした。

味方の初心者をキャリー――いわゆる、接待プレイで援助してあげてレア素材の回収を手伝うという人助けもした。

ガキの頃には、科学者とか冒険家、それにヒーローなんかに憧れていた。例に漏れず、かっこよく人助けをする自分を妄想する日々だった。

社会に出るまでは、なんとなく人並みの苦労はしてきたと思う。

五つ年下の双子の妹と弟が、それぞれ音楽とスポーツに才能豊かなやつらだった。母は早くに亡くなって顔もおぼろげにしか覚えていない。

親父は男手ひとつで子を育てているからといって、彼らの才能をつぶしたくないという思いが強かった。

勇樹はどこからどう見ても立派な凡人だという自覚があった。

だからこそ、家事を積極的に引き受けた。高校生になってからはバイト代を稼いでは、妹のレッスン代や弟の遠征費にあてていた。

もっとも金のかかる時期、生活費のためにと俺の名義で限界まで借りた奨学金は今も返済中だし、当然のことながら部活やらサークルやらの青春とは無縁だった。

別にそれは立派なことじゃないと、勇樹は思う。

バイトや家事の合間に、オンラインゲームを無課金でやりこめるだけやりこんだり、図書館であれこれ借りてきた図鑑や本を眺めたり、スマホでオンライン百科事典のリンクを片っ端からタップして「へー」とか「ほー」とか唸ったり……そういう楽しみがあった。一方で妹や弟は、勇樹が過ごしていたそういう小さな娯楽の時間をすべてレッスンや練習に割いていた。我が弟妹ながら、立派な奴らだと思っている。

身の丈を知っている。

思い出すと、勇樹は当時からそんな感じのガキだったのだ。

悪いことばかりじゃないし、勇樹にだってやり遂げたと胸を張れることもある。

後年、パリの名門音楽院への留学が決まった妹は号泣しながら「お兄ちゃんのおかげだ」と俺にハグをしてきたし、サッカーのプロリーグでちょっとした活躍を見せている弟は、この間のインタビューで最も尊敬する人物に「兄貴」を挙げていた。

正直、震えた。

それだけでも十分すぎるほどの恩返しだし、我が妹と弟ながら自分なんかより立派なオトナだと思う。別に勇樹程度の苦労をしたからといって、人格が老成することはないのだ。

こうしていい年をして趣味に没頭している自分の生活は……まあ、悪くはないと思っている。

三十三才児なりに、充実した日々。

虚心坦懐に真実を追究する科学者にも勇敢でフィジカルエリートな冒険家にも、剛毛をツーブロックに刈り上げてこれ見よがしに高級時計を身につけた起業家にもなれなかった。だが、身の丈に見合った生活を楽しんでいる。

中身はまだまだガキだけれど、不満はない……はずだ。

ゲーム仲間とはチャットのみでやりとりをしているから、相手の年齢も性別もわからない。だが、話の端々を聞くに勇樹のような「心は子ども、身体はオトナ」は少なくないみたいだ。なんとなく童心のまま社会に出て、外ではオトナの顔をして働いている二重生活。なんだか少し周囲を騙{だま}しているような気持ちになる。

ガキの頃には、オトナになったら誰にも叱られずにゲーム三昧してやる……なんて想像していたけれど、本当にそういうオトナになってみると、心の隅にはちょこんと居座っている罪悪感がつぶらな瞳で勇樹を見つめてくる。

いや、三十三才児で何が悪い！

結局、昨夜もそうやって開き直って夜遅くまでゲームにいそしんでいたわけだが、加齢というものは残酷なもので、今朝は見事に寝坊をした。慌てて飛び起きるところから、社畜の一日はスタートする。

微妙に寝ぐせの残る髪の毛をワックスで押さえつけて、ちょっと皺{しわ}の寄ったスーツを着る。目の下のクマは見なかったふりだ。これは連休中のゲームのせいというよりは、残業続きによる慢性的な寝不足の証である。

「ん……？」

そんなわけで走って走って、たどり着いた最寄り駅。連休明け、今日から再開する労働のために、勇樹はいつもより一本遅い電車を待っていた。

駅のホームに立っている人のほとんどが、生気のない顔でスマホの画面をじっと眺めている。オトナだ。

工場のライン工から不動産営業まで色々と職を経験したが、どの職場のバックグラウンドも同じようなありさまで、死んだ顔で背中を丸めてスマホをいじっている人ばかりだ。

「あの、大丈夫ですか？」

その中で、様子のおかしい人がいた。

勇樹の斜め前に立っている、スーツ姿の女性の身体がぐらぐらと揺れ始めたのだ。

声をかけたが、返事がない。

危ないな、と思っていると、かくんと女性の足から力が抜けた。

「ああっ！」

思わず叫んだ。

このままでは線路に向かって、真っ逆さまだ。

ホームには通過電車を知らせる自動アナウンスが流れている。

「あぶないっ！」

やばい、と思ったときには、すでに勇樹の身体は動いていた。
女性の腕を取って引っ張る。
ぐい、と力をこめた瞬間――今度は、勇樹が体勢を崩してしまう。
立て直そうとしても、足にうまく力が入らない。
ついに足首をぐねって、膝からカクンと力が抜ける。
あ、と思う間もなくホームに落下した。
右肩、強打。
ひと呼吸遅れて、誰かが悲鳴をあげる。
緊急停止ボタン、誰か押してくれ。
かすむ視界の中に、さっき助けた女性が見えた。
真っ青な顔でこちらを見ている。よかった、とりあえず無事みたいで。
――そのとき。
プワァァァー、マヌケで絶望的な音が近づいてきた。
「嘘だろ」
目の前に迫り来る通勤快速特急（新宿行）の車輪と、ホームの悲鳴。
勇樹は、思った。

あ。こりゃ、死んだわ……。

◆

……で、目が覚めたのは真っ白い空間だった。

目が覚めたというよりは、変に意識がハッキリしている夢という感じだ。

「うわ、知らない天井？」

違う。天井すらない。

ただどこまでも、白い空間が勇樹の前に広がっている。

「なんだよ、ここ……？」

ところどころ、ちょっと夢カワっぽいパステルの霞がかかっている。

呆然とする勇樹の独り言には、ちょっとエコーがかかっていた。

「ちっす、当選おめでとう！」

「へ？　誰？」

気がつくと、俺の目の前には金髪ショートカットの美少女が立っていた。

美少女といっても、けっこう小さい。十才くらいか。

ギリシャ神話の神様みたいな、白い布を肩から斜めがけにしている。頭には月桂冠っていうのだろうか、葉っぱが乗っかってるし。

　これ、神様だ。

　イメージとだいぶ違うけど。

「神……崎勇樹……カンザキ・ユウキ？　これが名前か」

「は、はい」

「確認、ヨシ！　なお、我の姿と声は、万能翻訳魔法によってカンザキ・ユウキの生存していた世界の一般常識をもとに、理解の範疇かつ好意的に受け取られやすいものに翻訳されているぞ」

「それ、本当の姿じゃないんだ……」

　金髪ショートカットの勝ち気なロリ（ギリシャ神話の姿）が『一般常識をもとに』生成された姿形なのか……どんな常識だよ。責任者、出てこい。

　いや、キャラデザとしてはかなりいいけど。

　ソシャゲに出てきたら、ガチャぶん回し待ったなしな感じだ。

「我の本当の姿を直視したら、おまえさまアタマおかしくなっちゃうぞ」

「あ、そういう感じ？」

　っていうか、あれだ。

　俺、やっぱり死んだんだ。

こうして神様にエンカウントしてるし。

勇樹は頭を抱えた。

「っていうか、当選って？」

「うむっ。自己犠牲……つまりは人助けのために死んだ魂のなかから抽選で、別世界につよつよの存在として生まれ直す権利を進呈しておるぞ」

「転生ってことか」

「お、話が早いな。おまえさま、本当に縁もゆかりもない人間を助けるために死んだから、けっこう高ポイント」

「つよつよって……？」

「いわゆる、おまえさまの世界でいうところの『チート』ってやつだな。欲しい能力があればくれてやる、戦闘特化も生産系特化もどんとこいだ！」

つまり、特別な能力や才能をこの場で貰って、異世界でやり直せるってわけだ。なんて、美味しい展開か。

しかし、勇樹はちょっと考え込んでしまう。

「うーん……才能って言っても、それを活かせるかどうかは別だよなぁ」

俺の自慢の弟と妹は、たしかに才能があった。

けれど、彼らがその才能を活かしていっぱしの者になれたのは、たゆまぬ努力があったからだ。それを勇樹は知っている。

実力と結果がものをいう世界に身を置いて、それでも努力を続けるのは並大抵のことじゃない。……自分には、とてもできない。

「ほれ、どんな力が欲しいのか？」

「……いや、いらんです」

「へ？」

「チートとかは、いらないです。丈夫な身体だけいただければ十分なので」

「謙虚すぎるっ！」

金髪ロリはひくっと頬をひきつらせた。

とはいえ、意見を変えるつもりはない。三十路を越えたら、身の丈くらいはわかるものだ。

腰痛頭痛、慢性的な胃の痛み。奴らとおさらばできるのならば、チートなんて必要ない。

「うーむ、じゃあ……本当にいいんだな？」

金髪ショートカットの勝ち気なロリ（ギリシャ神話の姿）もとい、女神様は最後に念押しをしてきた。

「こっちでもコントロールできないことはあるから、それはご了承のほどを！」

転生する場所、時間、家庭などは神様といえどもコントロールができないのだとか。

あと、必ずしも母体から生まれるわけじゃないらしい。なんだそりゃ。

「大昔、桃の中とか竹の中とかに当選者を転生させちゃったバカ女神がおったから、物理的にヤバい場所に生まれ落ちることはないようにってガイドラインが変わったはずだ。そこは安心しておけ！」

「えええ……」

さすがに次に目が覚めたら植物の中に閉じ込められていた、とかは勘弁してくれ。っていうか、各種童話ってそういう話だったのか？

「座標固定、出力安定！　カウントダウンスタート！　……あと、言葉の壁は隠しスキルで超えられるようにしておくぞい！」

金髪ロリ女神が、虹色の光を放つ。

まばゆく美しい光に目が眩（くら）む。よくないオクスリによる幻覚（トリップ）ってのは、こんな風なのだろうか。虹色に眩む視界の中に、ピンクの象が踊っている幻覚が見えそうだ。

やばい、ちょっと吐きそうかも。

楽しげな女神の声が、光の向こうから聞こえる。

「さらばだ、カンザキ・ユウキ！　達者でな！」

さらに強まるレインボーな輝きに、思わずぎゅっと目をつぶる。

「あ！　我のコントロールできない前世の徳ポイントによる能力は、あっちで生まれてみてのお楽しみである！　以上、転生面談……完！」

前世の徳ポイント。
あ、そういうのもあるんすか。っていうか、そういうの早く言ってください。
勇樹がそうツッコミを入れようとした瞬間。
今まで存在してた、あらゆる五感がすべて消えた。
ぶつっと、唐突に。

Name：神崎勇樹（享年33）～一般人～
Skill：
【ひとり暮らし】
【徹夜耐性】
【あきらめの心】
【散歩好き】

二、おはよう、異世界

さっぶ。

寒い、すっげぇ寒い。

勇樹が目覚めたときに感じたのは、とんでもない寒さだった。

おそるおそる目を開ける。

一面、真っ白な世界。

金髪ロリの女神様がいた空間の白さとは違う。これは……雪だ。

それも、地面を覆い尽くすような猛吹雪。

白、白、白だ。

猛吹雪に地面も枯れ木も真っ白に塗りつぶされて、上空を覆っているであろう分厚い雪雲すら見えない。

「……ほぎゃ」

ここ、どこ?

そう呟こうとしたら、口から赤ん坊みたいな声が出た。

いや。そうじゃない。

赤ん坊だ。「みたいな」ではなくて、赤ん坊そのものだ。

周囲を確認する。

吹雪で煙っていてよく見えないが、雪がまとわりついて真っ白になった枯れ木がたくさん並んでいる。

（いやいやいや、生まれる場所とか時間を選べないって言ってたけど、これはさすがに死んじゃうって）

赤ん坊が吹雪の中に捨てられている。絶望的な状況だ。

普通こういうのって、召喚の儀式とかで呼ばれるんじゃないんだ？

これでも桃とか竹とかの中に生まれるよりはマシなのだろうか、どっちもどっちな気がするけれど。

（でも、不思議と凍えないで済んでる……？）

凍死待ったなしの状況だけれど、手足は動く。不思議だ。

これが「丈夫な身体」ってことか？

あの金髪ロリ女神様の加護のようなものだろう、と受け取っておく。

とはいえ、めちゃくちゃに寒いし、手足の感覚がだんだんなくなってきていることには変わりない。どうにかしなくては。

もぞもぞ。

手足を動かしてみるが……ご丁寧におくるみをされている。

（これじゃ動けないなぁ）

困った。

こんな山の中で、誰か親切な人が助けてくれるとも思えない。

もぞもぞと手足を動かしてみる。

「あばっ」

おくるみが解けた。

さ、さ、寒い！

服が脱げたんだから、それはそう。

手足は小さくて、ハイハイするのがやっと。

ガチの赤ん坊みたいだ。

しばらくすると、少しだけ吹雪の勢いが弱まった。

（こ、この隙に、雪を掘ってシェルターとか作れたら……いや、この小さいおててじゃ無理か）

とかなんとか考えていると、遠くから犬の遠吠え（とおぼ）えが聞こえた。

ウォーン、ウォーン、という鳴き声がどんどん近づいてくる。

やがて、妖しく光る赤い光が無数に浮かび上がる。

「ふぎゃーっ！」

狼(おおかみ)だ。

しかも、デカい。

さらには、群れだ。

狼たちは小さめの熊くらいのサイズで、筋肉質なうえに牙を剥き出しにしている。奴らは
「ご馳走(ちそう)発見！」とでも言わんばかりに、よだれを垂らしながらこっちにやってくる。

(おわった……)

我ながら、なんて運がないんだろうか。

生まれ変わって即、悲しく死ぬことになるなんて。

(せめて痛くありませんように！)

と、心から願った。

観念して目をつぶった俺に迫り来る、でっかい狼たち。

そのときだった。

「――失せろ」

乾いた声が聞こえた瞬間、地面が破裂した。

分厚く降り積もった雪が爆散する。

凶暴な狼たちが吹っ飛ばされて、もんどりうって倒れた。

「おぎゃあああっ！」

勇樹は泣いた。

狼の群れを一撃で吹っ飛ばす存在である、怖すぎる。

雪煙の向こうから姿を表したのは……人間だった。

拳を地面に突き立てている。

魔法か爆薬か、そういうものを使ったのか？

いや、違う。

どうやら『地面をぶん殴った衝撃波で狼を撃退した』ようだ。嘘だろ、バケモノすぎる。

いや。いやいやいやいや。

パワーって。この威力をパワーのみでお出ししてるって、怖い。

爆風になびく分厚いローブの隙間から、簡単な革製の籠手やボディアーマーがチラチラと見える。冬の雪山で狼に立ち向かうにしては、あまりに軽装だ。

（これは、やばい世界に来てしまった！）

この世界の人、強すぎる。

出で立ちからして、助けてくれたのはたぶん猟師だろう。一般の猟師で「これ」であるという事実が、この世界の過酷さを勇樹に思い知らせる。

つまり――これくらいできないと、この世界では生きていけないんだ！

もうだめだ、おしまいだ！

（俺、この世界でやってけるのか⁉）

バケモノ――もとい、この世界で出会った人間さん第一号がゆっくりと立ち上がる。

そして、勇樹のほうへ歩いてきた。

狼たちは圧倒的な暴力から逃走するべく、すでに姿を消している。

あのパワー……一体、どんな筋骨隆々の男なのか。

呆然とする勇樹の前に立ったバケモノは、ゆっくりと顔を隠すほど深く被っていたローブを脱いだ。

「……うそだろ、赤ん坊？」

姿を表したのは、妙齢の女性だった。

年齢は三十代後半くらいか、いや、もうすこしだけ上に見える。

掠（かす）れたハスキーボイスだ。

「あれほどのコオリオオカミの群れ……魔王討伐時に取り逃がしたフェンリルの影響か？」

ぼそぼそと独り言をこぼす女のローブから覗（のぞ）いている頬には、大きな十文字の傷。長い旅をしているのか、肌は少しほこりっぽく黒ずんでいる。

でも。それを補ってあまりあるほどに、オーラのある顔立ちだ。

まばゆく鋭い眼光。年齢を重ねてもなお瑞々（みずみず）しさが残っている表情。

若い頃はかなりの美人だったのだろうな。

「どうしよう、こんなところに、どうして……というか、本当に人間だよな？　人間の赤ん坊を模した疑似餌でエサを誘き寄せるタイプのモンスターなんてことは……」

女狩人は、眉をハの字に下げて、明らかに困っている。

勇樹をそっと抱きあげて、周囲をきょろきょろと見回している。

悪い人ではなさそう、どころか。

（この人、絶対お人好しだ！）

ちょっと自分と同族な予感がする。

雪山に出現した不審な赤ちゃんこと勇樹を心配して、おろおろとしているのだ。悪い人のはずがない。

女狩人は勇樹をおくるみで包み直すと、寒くないようにローブの中にしまい込んだ。

女の人のいい匂いはしなくて、少しの汗とお線香のような香り、それから使い込まれた革細工の匂いがした。けれど、不快感はなくて……自分に頼れる親父がいたら、こんな匂いがしたのかもしれないと、そう思った。

「くそ……あいつに頼るのは気が引けるが、仕方ないか」

女狩人はそう呟いて、は駆け出した。

（あったかい……）

極寒状態からの人肌のぬくさ、そして心地よい振動に、赤ん坊が逆らえるはずもない。

勇樹はたちまち、かくんと寝落ちしてしまう。

がっしりと女狩人に抱っこしてもらっていたので不安はなかった。

◆

次に目が覚めたときには、楽園にいた。

楽園っていうのはイメージの問題。

泉からは綺麗な水が湧き出ていて、若葉の茂る木や花々がたくさん生えている——勇樹のイメージする天国あるいは楽園そのものだ。

「あ、赤ちゃんが起きました。可愛いですねぇ」

勇樹を見下ろして微笑んでいるのは、青い髪の毛をなびかせた女だった。

優しげな表情にたわわなボディ、鈴の転がるような声。

「よかった……世話をかけたな、オリンピア」

覚えのあるハスキーボイスが聞こえた。

視線を彷徨わせると、少し離れたところに、勇樹を拾ってくれた女狩人が座っている。

明るいところで見ると、やっぱりかなりの「イケメン」だ。

「いいの。ルーシーが私を頼ってくれるなんて、とびきり嬉しいです」

「高位精霊なんだから、あちこちの人間から頼られるだろう？」

「そうでもないわ。というか、『魔の山』のとびきり奥地に引きこもっている精霊なんて、尋ねてくる人はいないですもの」

「……それもそうか」

女狩人の名前は、ルーシーというらしい。

で、浮遊しているのはオリンピア……精霊、らしい。

（わーお、ごりごりのファンタジーじゃないか）

勇樹がやっていたオンラインゲームは、いわゆる西洋ファンタジー的な世界観だったので親しみがある存在だ。

ルーシーとオリンピアは、かなり親しげな様子だ。

昔なじみ、という雰囲気だ。

「あの山の中にいたのに平気な顔して……何か強い加護があるのかしら」

ぷにぷに、とオリンピアが勇樹のほっぺたをつつきながら言う。

赤ちゃんのほっぺたの感触に、オリンピアはにっこりと微笑んだ。

そして、不意に真顔になったかと思うと目を閉じる。

勇樹の身体から何かを感じ取っているようだ。

「さあ……たしかに、捨て子にしては不自然だが」

「ふむ、このとびきり不思議な魔力……あなた、この世界の子ではないのね」

「どういうことだ？」

「おそらく、彼方の世界からの旅人さん……たまにあなたみたいな人がやってくるって聞いてるわ」

「この世界の者ではないということか、どこからどう見ても、普通の赤ん坊にしか見えんが」

「精霊にはわかるのよ」

　オリンピアは、勇樹を抱き上げる。

「あぶぅっ」

「よしよし、いいこですね」

　豊かな胸に埋もれて、思わずジタバタと手足を動かす。

　精霊とはいえ、ちゃんと体温があって柔らかい。花のようないい香りがする。

「安心してね。私たちがあなたを立派に育てますから！」

「私たち？」

「ええ、私たち」

「オリンピアと……誰だ」

「ルーシーと私で、この旅人さんを育てるの！」

「は、はぁ!?」

ルーシーが立ち上がって、オリンピアに詰め寄った。

「待て待て待て、たしかに男児ではミュゼオン教団の孤児院にも預けられないが……私たちが育てるって、冗談だろう⁉」

「ほら、見て。とびきり可愛い」

「私はそういうつもりでお前を頼ったわけじゃないぞ！　あくまでも、一時的な保護を――」

「一時的って、その先は？　考えてないんでしょ。ルーシーがそういうつもりじゃなくても、私はそういうつもりになったの！」

勇樹を抱えたままくるる、くるる、と空中で踊るように回っていたオリンピアがルーシーに向き直る。

「だって、よく考えて。この世界にはこの子の親はいないのよ？」

「……む」

「しかも、魔王が死に際に放った瘴気のせいで世界の秩序はとびっきりめちゃくちゃになったまま……この子、私たちが育てないと死んじゃうわ」

がんばれ、オリンピア。

勇樹は全力で精霊を応援した。

（さっきのルーシーさんのパワー……この世界ではあんな感じじゃないと生き抜けないってんなら、俺、捨てられたら即死だよ！）

少なくとも、ここはさっきの雪まみれの場所よりは安全そうだ。

どうにかして、ここで養ってもらいたい。

少なくとも、この世界で生きていく準備ができるまでは。

「そんな子を、ルーシーは見捨てるの？」

「うぐっ」

「それにほら！　この子、こんなに可愛いです！　人間の赤ちゃんの手足ってこんなにちいちゃいのね……ふふ、たまりません」

「……わかった。そこまで言うなら、お前に任せる」

ルーシーが呟いた。

「任せる？　私だけじゃダメよ、ルーシーも一緒に子育てするの！」

「なっ」

ルーシーが何か言い返す前に、オリンピアは勇樹を抱えたままで楽園の隅にある小さな小屋に飛び込んだ。

オリンピアがぱちんと指を鳴らすと、窓の外から果物が飛び込んできて木でできた器の中ですりおろした状態になる。

（魔法だ！）

さすが精霊。こういうのもあるのか。

勇樹は「おお～っ」と声を上げた。

人間も魔法を使えるのだろうか。ルーシーのように異様に強いのがこの世界の「オトナ」ならば、この世界の仕組みをもっと知っておかないといけないだろう。

「さあ、ごはんよ。旅人さん」

すりおろした果物をスプーンで差し出された。

腹ペコだったのでありがたく頂戴する。

とても甘くて瑞々しい、爽やかな酸味。果汁と果肉が赤ちゃんとなった勇樹のフレッシュな味覚を刺激する。思わず小さなおててで拍手喝采。

「んん～っ、んまっんまっ」

「上手に食べられましたね、とびっきりのいいこちゃん！」

褒められて、思わず頬が緩む。

ごはんを食べるだけで褒められるなんて、なんだか罪悪感すら覚えてしまう。……いや、万が一にも「大丈夫？　おっぱい飲む？」なんて言われるよりはマシかもしれない。

三、異世界で山奥暮らし

勇樹――ユウキ・カンザキがこの世界にやってきてから、だいたい三年ほどが経過した。

この間にユウキは歩いて、走って、喋(しゃべ)ることができるようになった。

自分の名前がユウキだと伝えるのに一年かかった。

オリンピアはその間ずっとユウキのことを「旅人さん」と呼び続けていた。

精霊というのは、ちょっと抜けているのだろうか。

ルーシーのほうは、赤ん坊という存在に慣れるのに同じくらいの時間を使っていた。未知の生命体に接するような、張り詰めた表情であった。

ユウキと出会ったあの日、大吹雪の中でなんのためらいもなくふにゃふにゃの赤子を抱き上げてオリンピアのところに連れてきてくれたのだから、ルーシーは高潔な人物なのだ。

精霊であるオリンピアはルーシーのそういう不器用でまっすぐな性根を好ましく思っており、ルーシーはオリンピアの純粋無垢(じゅんすいむく)で脳天気にも思えるふるまいをちょっと可愛いと思っている――らしい。

この世界のことについても少しわかってきた。

なんでも、この世界は精霊の力によって成り立っている。

さまざまな季節の恵みが大地に実るにも、人間をはじめとした生き物が健やかに過ごすにも、精霊の力が影響する。そもそも、火が燃えたり水が凍ったり、堆積した汚れを祓う風が吹いたり……とにかく、精霊の力はこの世界にとって欠かせないものらしい。

だが、魔王と人間が争い続け世界が疲弊してきた『魔王時代』の負債と、魔王を討伐した際に世界中に放たれた大量の瘴気によって精霊たちの力は弱まっているらしい。

この山もかつては精霊の力が満ちた地だったという。

今や見る影もなく、雪と暗闇に閉ざされている。というのも、魔王の放った瘴気が山に直撃したことで魔獣がうじゃうじゃと湧き出る不毛の地になってしまったのだ。

今は『魔の山』と呼ばれる、人の寄りつかない土地だ。

オリンピアの結界によって、この周辺だけがかつての面影を残している——ということは、だ。

（つまり、世界中にあのでっかい狼みたいなやつがいる……ってことだ）

この世界にやってきた日に、自分を食おうとしていた狼の群れを思い出す。

狼と呼ぶにはでかすぎる、ちょっとした子牛みたいなサイズのモンスターだった。

魔獣と呼ばれている彼らは、瘴気によって変容してしまった動物らしい。

ルーシーのように、魔獣を狩ることを専門とする魔獣狩りはじめ、騎士団やら自警団やら宗教団体やら、とにかく瘴気による被害にマンパワーで対応することによって、どうにか人々の暮らしが保たれているのだそうだ。

怖すぎる世界だ。

狼に襲われたあの瞬間、ルーシーが助けてくれなかったら、と思うと恐ろしい。

きっと今頃、ユウキは巨大な狼のうんことして、雪の中で凍り付いていただろう。


ユウキが赤ん坊の頃は、オリンピアとルーシーが揃ってユウキの世話をしてくれていたのだが、この頃、ルーシーは不在がちだ。

遠方に強力な魔獣が出たとなればルーシーに招集がかかる。

きっと、それなりに腕のいい狩人なのだろう。

というわけで、今はルーシーは不在である。

ルーシーの不在が長引くと、オリンピアは五秒に一回のペースで溜息をつく。

ファンタジックでミステリアスな存在のわりに人間くさいので、ユウキはたまにオリンピアが精霊だということを忘れてしまう。

パンと果物の朝ごはんを食べ終えて、ユウキは聖域に作られた小屋から飛び出す。

「いってきましゅ、かあさん！」

かあさん、というのはオリンピアのことだ。

ちなみに、ルーシーのことは「ははうえ」と呼んでいる。

庶民生まれ庶民育ちのユウキとしては小っ恥ずかしいけれど、一度だけルーシーを「ママ」と呼んだときに、酢漬けの苦虫を噛みつぶしたあとで渋柿を囓り激辛ハバネロスムージーを一気飲みしたような顔になっていた。不本意だったのだろう。

そういうわけで、色々と考えた末にルーシーの呼び名は「ははうえ」で落ち着いた。

見た目も行動もかなりワイルドなルーシーにとっては、「ママ」呼びは青天の霹靂だったのだろう。

どうやらルーシー自身が彼女の親のことを父上とか母上とか呼んでいたようなので、いったん「ははうえ」呼びをよしとしてくれたようだった。

意外と品のいい幼少期だったのだな、と思ったのは秘密だ。

一方、オリンピアのほうはといえば。

そもそも精霊には親子という概念がないようだ。

精霊は自然の中で発生し、消滅する高次元の存在——要するに、生殖とは無縁なわけだ。

ユウキに対するオリンピアの母親ムーブは、人間の見様見真似なようで、たまにトンチンカンなことをやりはじめる。たとえば、息子であるユウキにドレスを着せようとしたり、食べきれない量のご馳走を休むことなくユウキの口に運んだり……とにかく、オリンピアは「かあさん」っぽい状況を、おままごとみたいに楽しんでいるようだった。

ユウキに「かあさん」と呼ばれるたびに、花が咲くような笑顔になるのだ。

というわけで、本日もご機嫌でキッチンに立っているオリンピアが、ユウキの「いってきます」にとろけるような微笑みを浮かべて振り返る。

水色の髪が空気になびいて、とても神秘的だ。

……エプロン姿におたま片手という、絵にかいたようなオカンっぽい格好であること以外は。

ちなみに、このエプロンとおたまは特に調理で活用されることはないコスプレ仕様だ。

オリンピアが作れるのは、丸ごと果実と果実のすりおろしだけ。しかも、指先ひとつを振るうだけで結界内の植物はオリンピアの望みを叶えてくれる。

結界内の樹木を操って作ってくれる果実は、とんでもなく美味しいのだが……飽きていないといえば、嘘になる。

料理らしい料理については、ルーシーのほうが作ってくれるのだが、こちらにもちょっとした問題があった。

ルーシーの料理は、なんとも大味というか野営食っぽいっというか……焼いた肉、干し肉、謎のごった煮のローテーションでバリエーションも少ない。

我ながら特に病気もなく育っているのは奇跡だとユウキは思っていた。

これでも弟妹のために炊事洗濯をバリバリこなしていた身である。栄養バランスのとれた食事の大切さは分かっているつもりだ。　いつまでも甘えているわけにはいかない。

そろそろ、俺が料理係になってもいいかも？というのが、三才児なりの意見だった。

ちゅっとキスをした。

「待ってください、ユウキさん！」

小屋の外に飛び出そうとしているユウキを抱き上げて、オリンピアがもちもちのほっぺたにちゅっとキスをした。

（うう……いつもながら照れるぞ、これ）

オリンピアのユウキへの溺愛っぷりはすさまじい。

ルーシーいわく「瘴気でいなくなってしまった生物に注ぐべき愛情が、ぜんぶユウキに注がれている」とのことだった。荷が重すぎる。

キスの嵐がおさまって、やっと地面に下ろしてもらう。

「いってらっしゃい、ユウキさん。どこで遊んでもいいけれど――」

「けっかいのおそとにはでない、でしょ」

ユウキが言うと、オリンピアは満足そうに頷いて、小さな包みを渡してくれる。

「おべんとう、ありがとうございましゅ」

いつもオリンピアが持たせてくれるのは、フルーツだ。

お弁当というよりもおやつに近い。

昼食時には必ず小屋に戻ることになっているのでそれでも困らないし、結界の中に生えている果実は瑞々しくて喉の渇きを癒やすこともできるからありがたい。

結界の中心に湧き出る泉のほかには、飲み水を手に入れることはできないのだ。

「ええ。とびきり気をつけて遊ぶんですよ」

「はい、かあさんっ！」

「…………っ」

「かあさん？」

「ああ～～～もうっ、とびきりとびきり可愛いですぅっ！　ルーシーが構い過ぎるなって言うから我慢しているけれど……ユウキさんにはずっと私の視界にいてほしいですっ！」

「あわっ、く、くるしい……」

「すみません……とびきり寂しくて……」

「かあさん、まいにち……すごいな……」

「ふにふにのほっぺも、おててもも、ユウキさんが可愛くて仕方がありませんっ」

オリンピアによるモチモチ攻撃を耐えて、やっと出かけられるようになった。外に駆け出すと、若草の匂いが鼻をくすぐる。

オリンピアの結界に守られたこの場所の空は、いつも青空だ。

ユウキがここで育てられている三年間で、雨が降ったことは一度もない。

正直、この状況はかなり幸運だ。

だからこそ、今の状況に感謝して、力を蓄えておかなくては。

ユウキはとことこと歩いて、結界の端のほうにやってくる。

「んっと、このへんならいいかな……?」

結界といっても、外側と内側がバリアのようなもので明確に分かれているわけではない。

とことこと歩いていると、少しずつ周囲の様子が変わってくる。

青々としている植物が、だんだん枯れていく。

空がどんよりと曇っていく。

ユウキの手足は三歳才児の長さなので前世の体感はあてにならないけれど、だいたい半径三キロくらい歩くと、岩肌が剥き出しの崖がある。

ここがユウキの「遊び場」だ。

「……えいっ、ほっ」

三才なんて、ちょっと歩けばコロンところげる年頃だ。

しかし、どうやらこの世界では話が違うらしい。

三キロなんて歩けるはずがない距離を平気で歩けるし、岩肌をひょいひょいとジャンプで移動できる。

重力が違うのか、はたまた身体のつくりが違うのか。

とにかく、できてしまうのだ。

この世界にやってきてすぐに目にした、ルーシーの強さを思い出す。

あれくらいでなければ、この世界で生きていけない——そう仮定すると、今から少しでも鍛えておかなくてはいけない。

ユウキはこの崖を登ることで、少しでも力をつけながら成長しようともくろんでいた。

「よいしょ、った、はっ！」

崖から飛び出た岩に足をかけて、跳躍を繰り返す。

五歩、六歩……十歩、十一歩。だいたい、このくらいからいつも足元がぐらついてくる。三才児の限界なのか。

十二歩、十三歩……今日は調子がいいようだ。
十四、十五、十六……十九、二十。
やった、と小さくガッツポーズをした瞬間。

「うわ……だめだっ」

よろめいた。

とっさに手近にある岩を掴む。

ぶらさがって体勢を整えてから、飛び降りる。

たすっ、と愛らしい音を立てて着地。

三才児としては、驚異的な身体能力だ。

といっても、登ることができたのは大人の身長くらいまで。ユウキの立てた目標は、手を使わずにこの崖を登りきることだ。

ルーシーであれば、難なく同じことをするだろう。

「でも、しんきろくだ」

今までは、よくて十五歩が限界だった。

見上げるほどに高い崖。この世界で生きていくためには、これくらいはたやすく駆け上れるようにならないといけないだろう。

こう言ってはなんだが、ルーシーは若くはない。

精霊であるオリンピアの寿命はわからないが、ここまでよくしてくれた二人の手をわずらわせたくない。

この世界では魔法も使えた方がいいのかもしれないと、オリンピアに魔法の使い方を尋ねたところ、「あぶないので、ぜったいにだめですっ！」と拒否されてしまった。そういうものなのか。

駄々を捏ねて困らせたいわけではないし、何より心配をかけたくない。

とりあえず、自分でできる鍛錬を見つけて実践しているわけだ。

運動に秀でていた弟が「結局は基礎体力で差がつくし、足元を鍛えることが大切なんだ」と、プロのサッカー選手になった後も力説していたのをユウキは思い出す。何事にも通じる真理だろう。足元が何より大切だ。

もう一回チャレンジを、と立ち上がったところで背後から視線を感じて振り返る。

「ん？」

誰もいない。気のせいだろうか。

このあたりに魔獣が出たことはない。

とはいえ、今まで大丈夫だったことは、これからも大丈夫であることには繋（つな）がらない。

変だな、と思いながらもユウキが崖に向かって駆け出した。

一歩、二歩、三歩……崖を勢いよく駆け上がっていく。

とても調子がいい。

二十、二十一……目標にしていた、崖の中腹にある凹みまであと少し。

いつかは崖を登りきって頂上に楽々登れるようになるつもりだが、まずは中間地点まで安定してたどり着けるようになりたい。ユウキは一心不乱に崖を登っていく。

……そのときだった。

「何をしてる？」

「わっ！」

声をかけられて、驚いて体勢を崩す。

慌てて岩を掴もうと伸ばした手が、すかっと空を切った。

（や、やばい！　もろに落ちる！）

衝撃に備えて身を固くする。

三才児とは思えない脚力や体力……この世界にやってきてからの感覚に油断していた。この高さから落ちたら無事ではないだろう。

昨日まで大丈夫だったことが、今日もこれからも大丈夫である保証にはならないはずなのに。けれど、痛みもショックもやってこなかった。

「……？」

恐る恐る、目を開ける。

「ユウキ……こんなところで何をしてるんだ」

「は、ははうえ！」

ルーシーだった。

たまたま今のタイミングで旅先から戻ってきたルーシーが、落下するユウキを受け止めてくれたのだ。

がっしりと抱き留めてくれている腕のたくましさと体幹の強さに、改めて感心する。

「あ、ありがとございましゅ」

「オリンピアからは散歩をしていると聞いてたのだが……こんなところにお前がいるので、驚いて様子を見ていた」

なるほど、さっきの視線はルーシーだったのか。

気配には気がついたのに、まったくどこにいるのかわからなかった。

結界の力が薄まって、枯れかけた木が立ち並んでいるばかりの場所で身を隠す場所なんてなさそうなのに。

やっぱり、この世界のオトナはすごい。

「ふむ、ユウキ。お前が別の世界からやってきた旅人……オリンピアの言う通りだとすれば、お前の魂はその見た目とは違うのだろう」

ユウキをじっと見るルーシーの視線は、今までないほどにまっすぐだった。

そうか、とユウキは思う。

今までルーシーは、ユウキに対してどう接するべきか迷っていたのだ。

赤ん坊としてか、オトナとしてか。

「何を思ってこうなったのか聞かせてくれ」

「ひゃい」

言い逃れはできない。

ユウキはルーシーにすべてを説明した。

ルーシーは決めたようだから。

今日からはユウキを少しだけ、オトナ扱いすることに。

◆

「師匠だ」

ユウキが舌っ足らずな言葉ですべてを話し終えると、ルーシーは言った。

「ししょう……」

「うん、今日から私はお前のは、は、は、はっは……」

「ははうえ」

「うむ、それであり師匠になる」

どうしても自分を「母」とか「ママ」とか認めるのに抵抗があるらしい。

「お前は私と同じくらいに強くなりたいのだろう?」

こくん、と頷く。

この世界でオトナになるならば、強くならないといけないのだから。

「いいだろう」

にか、とルーシーが笑った。

この世界にやってきて初めて目にする笑顔だった。

「オリンピアにも私にも黙って無茶をしていたのはいただけないが、心意気を気に入った。自らの意志で物事を始めることは、このうえなく尊いことだ」

「あ、あい」

「他人の目も賞賛もなく、地道に続けることも……な」

ユウキが崖登りという地味な鍛錬を自分の意志で始めて、それをコツコツ続けていたことがルーシーにとっては好ましかったようだ。

「というか、あの身のこなし……一体、お前はどういう才能を……」

「ははうえ?」

「いや、なんでもない。ところで、どうしてこの崖を登ろうと思った?」

「……みたかったから」

ルーシーの質問に、ユウキは端的に答えた。

走り込みでもスクワットでもなく、崖登りを三才児から始めるトレーニングに選んだのは、ある程度は実践的だろうという考えもあったけれど、もうひとつ大きな理由があった。

精霊オリンピアの張った結界の向こう側の景色を見たかったのだ。

たった一度、命からがらルーシーに助けられたときに目にしただけの「外の世界」である。

自分が生きていく世界なのだから、きちんと見ておきたい。

「なるほど」

ルーシーは頷(うなず)いて、ユウキをひょいっと抱き上げた。

幼児との触れあいに戸惑っていたルーシーといえど、もうユウキを拾って三年、オリンピアと共にユウキを育ててきた。抱っこには慣れたものだ。

「今日だけ、見せてやろう」

ふわっと重力が消えたような感覚に襲われると同時に、ユウキの視界がすさまじい勢いでブレた。ブレブレブレにブレまくった。

(は、ははうえ……じゃなくて、師匠！　す、すごい身のこなしだ！)

足音すらもほとんど聞こえないほどの速さで、ルーシーが崖を駆け上っていたのだ。すさまじすぎる。

(やっぱり、このレベルじゃないとダメなのか……!?)

「子どもに無理はさせられんから、ゆっくり登るぞ」

「ほげええ!?」

これで、ゆっくり。

やっぱり、生半可な覚悟ではこの世界では生きていけないかもしれない。

数秒もしないうちに、崖のてっぺんにたどりつく。

ユウキが目にしたのは……一面の荒野だった。

白と灰色の世界。

山のてっぺんから見下ろす景色。なだらかな稜線(りょうせん)には生命の片鱗(へんりん)も見受けられない。

ずっと遠くの地平線の付近にもっこりと、小さな森のようなものが見えるくらいだ。

「あ……」

ユウキの想像以上に荒れ果てていた。

この距離からでも目視できるほどに巨大な大型生物が歩いている。

あれはドラゴン的な何かだろうか。

畑らしきものも少ないし、食糧事情はどうなっているのか。

外の世界は、想像以上に厳しそうだ。

「この山はかつて聖峰アトスと呼ばれる精霊の力に満ちた土地だったんだ」

ぽつり、とルーシーは言った。

魔王時代と呼ばれる戦いの時代には魔王に対抗する精霊の力も盛んだった。

皮肉なことに魔王を倒した瞬間に、世界中に瘴気が放たれて多くの土地が死んでしまったのだという。

「ユウキ、かつて聖峰と呼ばれた……オリンピアの愛したこの山が、今はなんと呼ばれているか教えてやろう」

魔の山だ、とルーシーは言った。

「まの、やま」

「そうだ。まあ、コオリオオカミの群れが走り回って、ガンセキベアがごろごろ生息している……瘴気の濃さといい、魔の山という名がふさわしいだろうさ」

「むかしは、ちがった？」

「自然の厳しさは変わらん。だが、鳥と小動物がすばしこく走り回り、鹿がゆうゆうと苔（こけ）を食む……それをオリンピアが微笑んで見守っている。そういう土地だったんだ」

「……かあさんが」

ユウキはオリンピアの少し寂しげな横顔を思い出す。

オリンピアから注がれる特大の、ユウキがちょっと引いてしまうほどの愛情を思い出す。

彼女の愛は、本来であればこんなに広大な山すべてに注がれるべき愛情なのだ。

その愛情が、息子であるユウキに注がれている。

「ねえ、ししょう」

「なんだ」

「いちゅか、このやまがアトスってよばれてたときの、きれいなすがたをみてみたい」

自分で言いながら、ユウキは戸惑っていた。

この山が瘴気とかいうものに犯されているのを目にすると、胸が苦しかった。まるで、故郷が廃れたような切なさに唇を噛む。

ユウキの故郷はここではないのに。

いや。この山はすでにユウキのもうひとつの故郷になっていた。

「ああ、そうだな」

ぽん、と。ルーシーはユウキの頭を撫（な）でてくれる。

「オリンピアはアトスが好きだったから」

「……いつか、もとにもどせる？」

「きっとな」

そうなったらいいな、とユウキは思う。

美しい姿になった、この山を。

いつか、この目で見てみたい。

「私もそう思っているが……生きているうちに成し遂げられるかどうか」

くしゃ、と笑うルーシーの顔は少しだけ幼く見える。

「おとなになったら、できる？」

「瘴気の発生元を少しずつなくしていくことしか、今のところ方法はないが……お前なら、成し遂げるかもな」

それがどれくらいに大変なことなのか、今のユウキにはわからない。

けれど、いつか。

将来の夢、なんて長いこと考えもしなかった。

（山をかつての美しい姿に……って、なんか環境保護活動みたいだなぁ）

まさか自分が、未成年環境活動家になるとは……とユウキはちょっと遠い目をした。北欧の裕福なご家庭の子女がやることだという偏見を持っていたけれど、なるほど気分は悪くない。

（俺にできるかはわからないけど……夢を持つのは悪くないか）

鍛錬の目標ができて、身近な師匠ができた。

この世界で普通に生きていくこと以上の、夢ができたのだった。

四、ちびっこだって我が家をまもりたい

「これは……うまい！」

昼下がりの食卓で、ルーシーが唸った。

「ししょうのおくちにあって、よかった」

ユウキがルーシーに弟子入りしてから、一年と少しが経った。

豆と干し肉のスープを作ったユウキは、ルーシーの珍しい笑顔にほっと胸をなで下ろした。

最初はハードな修行のおかげで家にいる間はずっと眠っていたが、体も少しだけ大きくなって余裕がでてきた。それで、オリンピアがままごとのように使っていた台所に火の精霊による力でコンロのようなものを設えてくれたので、スープを作ってみたのだ。

結界内に湧いている泉の水は、そのままでも飲めるほど清涼で、当然料理に使うことができる。

むしろ、調理に使うと素材のえぐみや臭みを消してくれる。

近頃、ルーシーに連れられて二日や三日がかりの狩りに出かけることもあるが、水筒に入れて持ち歩いても少しも腐らないのには驚いた。

小さい手足で料理を作るのは大変だったけれど、かなりの達成感がある。

「んん〜っ、これはっ！　とびきり美味しい人間のお料理ですっ」

本来は食事を必要としないオリンピアも、スプーンを握りしめて目を輝かせている。

「私がいつも使っている塩肉と豆を使っているはずなのに、なんというか、うま味がすごい……」

「もうっ、天才ですっ！」

この世界にやってきて初めての料理にしては、わりと上出来だ。

今日の食材は久々に帰ってきたルーシーの狩ってきた魔獣の肉を塩漬けにしたものと保存食の豆だ。

臭みを抑えて保存性を高めるためにきつめに塩をきかせた塩肉と、乾燥した豆を使ったスープはルーシーの手料理の定番メニューだ。

（うん、うまい。師匠の料理は大量の水で塩を薄めてたんだな……）

きちんと塩抜きをしたうえで、乾燥した豆も水で戻して、それからスープを仕立てた。

ルーシーが同じような料理を作ってくれることも多かったが、どうやら下処理のようなものが足りなかったようだ。

塩肉の出汁と豆のうまみが滲(にじ)み出たスープを乾いたパンに染みこませて、たいらげる。

「うむ、ユウキ……料理に関しては、すでに私を越えているな」

「ありがとうございます、ししょうっ」

「……おかわりはもらえるか?」

「うん。まだまだ、たくさんありますっ」

ユウキは、かつて弟と妹に食事を作っていた頃を思い出す。

胃袋を掴めたようで、非常に満足。

「ユウキさん。私もこんなふうに、とびきり美味しいお料理を作れるようになりますかっ?」

「かあさん、こんどいっしょにつくろう」

「はいっ!」

ユウキはほっと胸をなで下ろした。

前世の味は、ここでも受け入れられたようだ。

今朝方、遠方で大型魔獣が出たということで、単身で狩りに出かけていたルーシーが久しぶりに帰ってきた。

それでルーシーの保存食をランチにしたわけだが。

「明日からは沿岸部の討伐隊に合流する」

「海? それってとびきり遠いですよ」

「ああ、海洋魔獣が出たそうだ」

なるほど、海にも魔獣が出現するのか。ネッシーみたいなものだろうか。

当然といえば当然なのだが、山奥育ちのユウキにとってはピンとこない。

「ししょう、おれもいっていい？」

「駄目だ。山に出るシモフリリュウモドキを……そうだな、一晩で十匹ほど仕留められるようになっているなら考えてもいい」

「じゅっ⁉　……さんびきがげんかい……かな」

シモフリリュウモドキは、雪に閉ざされた魔の山に住み着いている魔獣だ。

リュウ、つまりはドラゴンっぽい見た目をしているのだが、その正体は氷核を持つスライムの集合体がドラゴンに擬態している魔獣だ。

スライムとかいう、ゲームでいえば最弱の部類に属するモンスターのくせに素早く、強く、賢い。スペックでいえば完全にドラゴンそのものだ。

さらに悪いことに、モドキというだけあって倒した後にはドロッとしたスライムだけが残される。

ドラゴンの角や鱗みたいな戦利品は一切手に入らない。

しかも、死体からころんと排出される氷核を放置するとシモフリリュウモドキは何度でも復活してしまうので、唯一のドロップ品である氷核すらも破壊しなくてはいけないという理不尽加減だ。

逃げ足が速いうえにそれなりに手強く、今のユウキでは一晩中探し回って戦っても二匹か、よくて三匹程度倒せればいいほうだ。

ちなみに、師匠であるルーシーは一時間も経たずに十匹狩りきるだろう。桁違いだ。

やはり、オトナへの道はまだまだ遠いようだ。

「なら、今回は留守番だ」

「はーい」

「正直、この山は魔獣の見本市みたいなものだし、焦ることはないさ。それに、コオリオオカミの群れがこの数年ずっと居着いているのも気になるし——」

「もうっ！　ルーシー！」

「む、なんだ？」

オリンピアが眉をつり上げて隣に座っているルーシーを小突いた。

「ユウキさんはこんなに小さいのよ、一晩中狩りをさせるなんてひどい！」

「いや、さっきのはモノのたとえで……」

ごにょごにょと口ごもるルーシーを、オリンピアがじぃっと睨む。

ユウキの師匠は、しょんぼりと肩を落として謝罪した。

「わ、悪かったって」

「いくらユウキさんが将来有望だからって、まだまだちっちゃいのですっ」

「わかってるっ！」

むぎゅむぎゅとルーシーの頬をつねっているオリンピアと、まんざらでもなさそうなルーシーをユウキは生暖かい目で見守った。本当に仲がいい。

いかにルーシーが鋭い気配と乾いた魅力にあふれた女傑とて、下手をすると親子ほども年齢が離れて見える二人である。

それにしても、精霊であるオリンピアがこんなにも心を開いているルーシーとは、一体何者なのだろうか。いまだに二人の関係は謎である。

夫婦でもないだろうし。

友達というには親密だし。

単純に二人は二人というだけなのだけれど、いつかゆっくり二人の出会いや今までの関わりについて聞いてみたいなと思っている。

ひとしきりルーシーとじゃれあったオリンピアが、小さく溜息をついた。

「実は……最近少し結界の調子が悪いのよ。瘴気が濃くなっているのか、誰かが結界を傷つけているのか……とにかく、ユウキさんのことが心配ですよ」

「ふむ、何か情報があれば伝えるよ」

「お願いね、ルーシー。とびきり頼りにしてます」

色々な会話をしながら食事をする。

すっかり空になったスープ鍋を、ユウキは満足した気持ちで見つめる。

（とりあえず、明日からも料理は俺が作ってもいいっぽいな！）

今まで食事を作ってくれたルーシーには感謝しているが、これからはもう少し美味しい食事を食べられそうだ。ルーシーが明日からまた出張するというから、あれこれと買い出しを頼もうとユウキは考えを巡らせた。

「と、ところでユウキよ……ひとついいか」

「ん？　なんでしょうか、ししょう」

「このスープは……私にも作れるだろうか……」

こういう美味いものを旅先でも食べたいのだ、とモゴモゴと弟子にお願いをするルーシー。彼女なりに、思うところがあったらしい。

本当ならカレールゥとか味噌とかダシの素とかがあれば、もっと簡単にうまいものが食べられるのだけれども——と密かに思うユウキなのだった。

とりあえず、味が薄いのに塩辛い料理とはおさらばできそうだ。

◆

「ていっ、よっ、はっ！」

今日も今日とて、結界のはずれにある崖を登る。

ルーシーの師匠としての腕はわからないが、ルーシーの真似をして、助言のとおりに訓練をすると不思議なくらいに身体が動いた。

今はもう崖のてっぺんまで登るのは、鍛錬のうちには入らない。このあたりは色々と食べられる野草が生えているので採集をするのが日課になっている。

最近、ユウキが取り組んでいるルーシーからの課題は、結界の境目に現れる弱い魔獣を狩ることだ。オリンピアの結界は、強い瘴気をまとった存在ほど強力に拒絶する。魔獣が持っている力……瘴気の強さによって、結界のどこまで入り込めるかが決まるのである。

つまり、強い魔獣は結界の外側で弾かれ、弱い魔獣は内側まで入り込めるというわけだ。

いわく、そうしなければ人間も動物も内部には入り込めないようになってしまうらしい。

結界の中にオリンピアしか存在できないのは、あまりにも寂しい。

（つまり……人間も少しは瘴気をまとってる、ってことかぁ）

この世界の仕組みは、まだまだわからないことばかりだ。

崖のてっぺんまで楽に到達できるようになったものの、崖の上は結界の効果が弱いようで、魔獣がいたり、足場が悪かったり――一つ目標を達成すると、次の課題が目の前に出てくる状態だった。

幸い、ここまで入り込める魔獣は瘴気を少ししか纏っていない。要するに、弱い。

ユウキ一人でも、なんなく対応できるのだ。

今晩のおかずは何にしようかと考えながらユウキは山の中を駆け回る……と、そのとき。

「わわっ」

足元の雪が崩れた。

雪庇(せっぴ)——風に吹かれた雪が固まって地面からせり出したものだったらしい。

ズボッと足をとられて、派手に転倒した。

転倒した先には、切り立った崖。

(や、っばい)

体勢を保つことができずに、あえなく崖から落下する。

ルーシーに師事してかなり鍛えてきたとはいえ、やっぱり幼児体型の限界というのはあるようだ……はやくオトナになりたいような、そうじゃないような。

あえなく落下したユウキだったが、以前とはすでに違う。

「よっと!」

流れるように受け身をとった。

ルーシーにキャッチしてもらえなければ二度目の事故死をとげていたであろう身としては、うっかり崖から落下したとはいえ危なげなく着地できたことに成長を感じるのだった。

けれど、無傷とはいかなかった。

「いてて」

落下する直前に、岩肌で足を擦りむいてしまった。

擦りむいたというレベルを超えてそれなりにぱっくりと切ってしまったような気がするが、ユウキには焦りはなかった。

というのも――。

「やっちゃったな。治るからいいけどさぁ」

足の傷はユウキがちょっと眉をしかめている間に塞がり、跡すら残さずに消えてしまった。完治である。

(不思議だよな、この世界ではすぐに傷が治るんだ)

傷のあったところを触ってみる。

痛みもないし、出血もない。つやつやの幼児の肌だ。

(「子どもってやつは、こんなに傷の治りが早いのか?」って師匠がびっくりしてたけど……まあ、そのへんは元の世界と同じだな)

ユウキは落ちてきた崖を見上げる。

「うー……はんたいがわに、おちちゃったな」

うっかり登った側とは反対の崖下に落下してしまった。

結界の中心地である泉から、かなり離れている。

ぞくぞく、と悪寒がはしる。

オリンピアの結界の力はここまでは及んでいないらしい。

まずいかもしれない、とユウキは思った。

落ちてきた崖をすぐに登って戻らないと。それくらいは訳もないことだ。

ひょいひょい、と崖を登っていくユウキだったが、そのとき妙なものが目に入った。

「あれって、コオリオオカミ？」

ユウキがこの世界にやってきたときに襲ってきた魔獣の群れだ。

オオカミというけれど、相変わらずデカい。子牛くらいある。

……いや。デカすぎる。

「なんか、カバくらいある」

オオカミの群れの中に、明らかに巨大なやつがいる。

ぞわっと鳥肌がたった。

初めての経験だ。似た感覚は……これが「本能でヤバいと感じた」というやつか。ユウキは震えた。こっち見られたら、ちょっと漏らすかも。

というか。

デカいボスに連れられたコオリオオカミの群れが結界の中心地……つまり、ユウキの住んでいる小屋のほうに進んでいるのだ。

「な、なんでっ」

群れの先頭を進むボスっぽいオオカミの周囲に目をこらす。

パキパキ、パキパキ、とボスの周囲の結界が凍りついて、砕け散っている。

数メートル進んだところで、ぶるぶるっと身震いしたボスが回れ右をした。群れのコオリオオカミたちも一緒に引いていく。

(今日はここまでってこと?)

ユウキはオリンピアの話していたことを思い出す。

『実は……最近少し結界の調子が悪いのよ』

犯人はこいつらだったということだ。

ユウキは周囲の気配を探る。

最近、視界に入っていない魔獣でも気配を感じ取れるようになった。

それなりに習得が早いらしいのはラッキーである。

普段は山の中に散らばって生息しているシモフリリュウモドキがけっこうな数、そのへんにいるようだった。

(やっぱり、何か変だ……)

ルーシーが帰ってくるまで、どんなに長くても十日はかかるだろう。

少し考えこんでから、ユウキは走った。

幼児である。

ならば、やるべきことは一つ。

「かあさんに、おしえなきゃっ」

自分だけで無理に解決しようとしない、頼れる大人に助けを求める。

最近、忘れがちではあるがオリンピアは精霊だ。

ルーシーのような圧倒的なパワーはないかもしれないが、どうにかしてくれるかも。


……結論としては、オリンピアはどうにかしてくれなかった。

というか、実は彼女は結界を維持しているだけでもかなりの力を使っている状態で、魔獣を撃退することはできないらしい。

「うう、不甲斐ないです」

少しずつ結界の内側に入り込んでくるコオリオオカミたちの群れに、オリンピアがしょぼくれる。

なお、ユウキを抱っこすることで霊力が高まり結界の力が強くなるとかいうバグじみた状況がわかったために、ルーシーが帰ってくるのを待つ間、ユウキは抱き枕よろしくオリンピアに抱っこされ続けることになった。

そして、待つこと十日。

帰ってきたばかりのルーシーとユウキがコオリオオカミたちのボス——魔王の配下であった魔獣の中の魔獣フェンリルとの対決をむかえ、なんとルーシーも知らぬところでフェンリルを討伐……ではなく、なぜか手懐けることになったのは、ユウキの幼少期におけるハイライトになるのだった。

Name：ユウキ・カンザキ（6さい）〜ちびっこ／異世界からの旅人〜
Skill：
【万能翻訳（EX）】
【?・?・?（フェンリルを手懐けた）】
【?・?・?（傷が瞬時になおる）】
【?・?・?】
【?・?・?】

五、かわいい子には旅をさせよ

ユウキは六才になった。

ルーシーとの修行も順調で、オリンピアの結界も万全。

種類は少ないけれども、ハーブや調味料なんかを育てたり仕入れたりするようになって、毎日の食事もそれなりに美味しいものが食べられるようになった。

ルーシーを悩ませていたコオリオオカミたちの大量発生も、その親玉であるフェンリルを手懐けることで解決した。

――そんな平穏なある日のこと。

泉で水を汲んでいるユウキのところに、神妙な顔をしたルーシーがやってきた。

「ユウキ。そろそろ、この家を出てもらおうと思う」

「えっ」

「ワンッ」

ユウキの足元でポチが鳴いた。

真っ白い毛並みの子犬――に見えるが、ユウキに懐いたフェンリルである。

色々あって、魔獣の王フェンリルを飼い犬にすることになったのだが……今は、それどころではない。急展開すぎる。

「でていくって……しょう？　ぼく、まだこどもなのでは？」

「我が一族は子の齢が六つになれば、親元を離れて生活をさせることになっている。かくいう私もそうだった」

「えええ……」

爆弾発言にもほどがある。

なんとかルーシーとの修行にはついていけるようになって、野山を駆ける身のこなしも、棒きれを使った剣術の稽古も、少しは自信がついてきたところなのに。もちろん、まだまだルーシーには及ばない。

それなのにまさかの、ここで放牧（リリース）。

ちょっと待ってほしい。六才児である。ユウキはこの世界でいっちょまえのオトナとして生きていくには、まだまだ馬力が足りないのではないか。生きていけないのではないだろうか。

「……ししょ、それかあさんは知ってるの？」

「オリンピアには……まだ話してない」

「ひぇっ」

心配性のオリンピアのことである。これは荒れるぞ。

思わず足元のポチに視線をやると、ポチも困り顔で「くぅん」と唸っていた。これから訪れるであろう嵐は、さすがのポチも避けたいところなのだろう。

それにしても困った。

ユウキは頭を抱える。

「おれが……おうちを、でていく……」

「一応、昔の仲間にお前を預けたいと思っている。トワノライトという新興の街だ」

「うぅ……ふあんかも……」

「問題ないだろう……むしろ、ここにいてお前に教えられることはもうないというか」

ルーシーはごにょごにょと付け足した。

なるほど、オトナになるタイミングがもとの世界とは違うだろうと思っていたが、ユウキが想像していたよりもずっと早かったようだ。

「十五か十六にもなれば独り立ちする者も多いが、私の家では六才になったら、一族以外の師匠を見つけたり、働き先を見つけたり、学問を究めたり、自らの成すべきことを探しはじめるんだ」

「わかりました……」

それならば、仕方ない。

ユウキは腹をくくった。

「くぅん」

「ポチはつれていっても、いいですか？」

「むっ」

ルーシーが一瞬、難色を示す。

ユウキはポチのことを「とても大人しいコオリオオカミの幼体」と説明していた。まさか、ルーシーが危険視していたフェンリルだとは言えない。とても言えない。

ポチの正体が知れてしまえば、某国民的アニメ映画よろしくポチを後ろに隠しながら「来ないで！」とするしかなくなってしまう。とりあえず、ポチのビジュアルがキング・オブ・虫さんといった感じではないことだけが救いだ。

もふもふのしっぽに、温かくて丸いお腹。

背中からは、結界の中に降り注ぐお日様の匂いがする。

ルーシーはじっとポチを見つめている。

「そうだな、問題ないだろう……実際、魔獣を飼い慣らして使い魔とする、テイマーという職種もある。そいつはユウキ以外にはイマイチ懐かないようだし、連れて行くといい」

「よ、よかった」

「わんっ！」

事実、ポチはユウキにとても懐いている。

理由はいまひとつわからないのだけれど、人里に降りたからといって急に暴れ始めることもないだろう。たのむぞ、ポチ。

そういえば、あの金髪ロリ女神が「我のコントロールできない、前世の徳ポイントによる能力は生まれてみてのお楽しみである！」とか言っていた。

もしかしたら、あれが関係あるのかもしれない。

ポチの頭をぽんぽんと撫でて、ユウキは周囲を見回す。

（そうだよなぁ、いつまでもここにいるわけにもいかないし）

一度も雨が降ったことのない、晴れ渡った空。

そんな異常気象なのに、いつでも瑞々しく青い葉を茂らせている植物たち。

オリンピアが望めばいつでも、甘くて美味しい果実が実る木々。

清らかな水が渾々（こんこん）と湧き出る、結界の中心にある泉。

――外の世界には、たぶん存在しないものだ。

（思えば、恵まれてたよなぁ……）

ユウキはこれから体験するであろう苦労を想像して、くぅっと唇を噛む。

と、同時に。

なんだか心躍るような、ウズウズするような。

今すぐ走り出したいような、不思議な感覚に襲われる。

（俺、どれくらい通用するんだろう……？）

前世では、とにかく弟や妹のためにと遠慮して生きていた。

何かにチャレンジすることなく、安牌を切り続ける人生だった気がする——波風をたてず、身の丈を知る。そんな風に生きてきた。だからだろうか。

自分の実力をこれから広い世界で試せるのだと思うと、なんだかこそばゆいような気持ちになる。

「……オトナとおなじとはいかないだろうけど……ちょっと、たのしみかも」

とりあえず目の前にある問題は、ユウキの独り立ちをめぐるルーシーとオリンピアの大バトルだろう。

嵐が過ぎ去るまでは、ポチと一緒に小屋の外で待っていようと決意したユウキなのだった。


さて。ユウキが行く街は、鉱山都市『トワノライト』というらしい。

まずはルーシーの知人が営んでいる『手伝い屋』の手伝いをするように、とのことだった。

手伝い屋って冗談みたいにのんびりした名前の商売だし、さらに手伝い屋の手伝いって一体何をするのか見当も付かない。

ルーシーの古い知人だというその男……ピーターというらしいが、なんとも牧歌的な性格だ。

それに街に出て働くことが修行って……なんだか、某アニメの魔女っ子宅配事業者みたいなことになってしまった。

ユウキの存在をピーターに知らせたところ――ルーシーが言うには、「そんな子がいるなら、ぜひとも預かりたい」と前のめりだったそうだ。

こんな子どもを預かって、何か得があるのだろうか。

ルーシーの知人でなければ、それこそ人身売買とか人攫いとかを疑ってしまうところである。

まあ、そんなこと口が裂けても言えないけれど。

心配性のオリンピアが卒倒してしまう。

◆

「うぅ～……ユウキさん、今からでも考え直さない？」

出発の日。

まだ東の空が白んできてすぐの早朝に、ユウキは結界の端――修行の場にしていた崖のところにやってきた。

しおしおに落ち込んで俯いているオリンピアが泣き言を漏らしている。

その横では明らかに寝不足のルーシーが、げっそりとやつれた顔で腕を組んでいた。

ユウキを街に行かせる、とルーシーが切り出してからの数日間、ルーシーとオリンピアの間では大論争が行われた。

ルーシーの説得は連日連夜続き、最終的にオリンピアとルーシーによるちょっとしたバトル（物理）が繰り広げられ、一応の決着がついたようだ。

無事、ユウキは新天地に出発できることになった。

それにしても――精霊と素手でやりあうとは、やっぱりこの世界のオトナはすごい。いや、オリンピアがかなり手加減していたのか……というか、そもそも精霊だからといって喧嘩に強いのかどうかすら、ユウキにはわからない。

「ユウキさん、何か持っていくものは……うう、ここから動けない自分がとびっきり憎いですぅ」

「かあさん、ぐるじい」

「わ、ごめんなさいっ」

感極まったオリンピアに抱きしめられて、ユウキはごほごほと咳き込んだ。

リュックには、ルーシーが支度してくれた旅の必需品が詰め込まれている。干し肉や堅焼きのパンなど持ち歩きに優れた食物のほかに、オリンピアが「どうしても持っていって」というフルーツが入っている。

オレンジにそっくりの果実なので、それなりに日持ちがしそうだ。

「紹介状は持ったな？」

「はいっ」

「地図はすぐに取り出せる位置か？」

「はいっ」

「地図も紹介状も、それから手持ちの金も、乗合馬車の中では絶対に他の人間に見せないこと。おまえを置き引きが狙っているぞ」

「はいっ」

「荷物は基本的に目を離さない……いや、手元から離さないように」

「はいっ」

「それから、これが一番大事なことだ」

「はい……？」

「襲われたとしても、絶対に本気で戦わないこと」

どういうことだ、とユウキは首を捻る。

子どもの自分が、オトナに襲われて……ああ、なるほど。

（戦おうとせずに、逃げろってことか）

ルーシーのように魔獣をバカスカ倒しまくるのがこの世界のオトナだとしたら、今のユウキが太刀打ちできるとは思えない。

「忘れ物はないですか、ユウキさん」

「はいっ」

ユウキは元気よく頷いた。

あまりオリンピアに心配をかけたくない。

「では、ユウキ……これは私からの餞別(せんべつ)だ」

「師匠……？」

手渡されたのは、ルーシーが愛用している短刀だった。

修行中にくたくたになったユウキに、よくこの短刀で果実を剥いてくれた。ただし、直前にコオリオオカミの毛皮を剥いでいたのが同じナイフではないことを祈るばかりだったわけだが。

「私が家を出るときに、父の引き出しから拝借してきたものだ」

「はいしゃく」

「ああ。女にくれてやる剣は、父は持ち合わせていなかったらしいからな。勝手に拝借したんだ」

剣ではなくて、ナイフだけれど。

ルーシーにとって大切なものであることは、その一言で痛いほどにわかった。

「よいしょっ」

巨大なリュックを背負って、ユウキは立ち上がる。

あれこれを詰め込んだため、ユウキを後ろから見るとリュックが歩いているみたいに見える。

ユウキは結界の外へと一歩踏み出す。

「いってきます！」

「わうっ！」

立ち止まり、ルーシーとオリンピアに手を振る。

二人が手を振り返した。

ぽろぽろと涙を流しているオリンピアと、弟子を安心させるように大きく頷いて見せるルーシーに、ユウキは思う。

（不思議だな……寂しいや）

とてとて、と歩く。

魔の山と呼ばれている結界の外だけれど、この数年でユウキにとっては「狩り場」となった。

ルーシーと一緒という条件付きではあるけれど、枯れ木と雪にまみれた山の中で魔獣狩りをしていたのだ。それがユウキの修行だった。

いただいた命は無駄にならないように、ルーシーが色々と教えてくれた。

高く売れる毛皮や、薬になる肝など……きっと、これからの生活でも役に立ってくれるはずの知識ばかりだ。

ユウキの側を歩いていたポチが、くんくんと鼻をひくつかせた。

近くに何かがいる気配を察したのか。

「……シモフリリュウモドキ！」

しかも、複数。

本体はスライムのような不定形の魔獣だとわかってはいても、凍り付いたドラゴンの姿というのは迫力がある。実際の強さはさほどでもないことだけが救いだ。

擬態した生物の知能をある程度模倣するらしく、ルーシーの不在を明らかに狙っているのだろう。

ほかにもシモフリリュウモドキが集まってきた。

ちょうど、十匹くらいだろうか。

だが、ユウキには構っている暇はないのだ。

「ばしゃのじかんにおくれちゃう」

山を下りて、半日歩いた先にある乗合馬車の駅に急がなくてはいけない。

三日に一本の馬車だから、これを逃したらいったん引き返してオリンピアの小屋で待たなくてはいけない。

先程の感動の別れをした手前、さすがに帰りにくいのだ。

普段の修行では木の棒を使って戦っていたけれど、今はそうもいかない。

ルーシーからもらったナイフを取り出す。

もふもふの犬の姿のままで、ポチが唸った——本当はヒグマくらい大きな狼の姿なのだから、本気を出してほしいとユウキは思う。

「どいてね！」

ユウキは、たんっと地面を蹴った。

すべて倒す必要はないだろう。何匹か倒して、氷核はいったん放置した。ルーシーがどうにかしてくれるだろう。

ビビったシモフリリュウモドキたちがドラゴンの姿を保てなくなったところで走った。

六才児のダッシュだから限界はあるけれど、逃げ切るには十分だった。

◆

ユウキとポチが乗合馬車の駅につくと同時に、馬車がやってきた。

駅といっても、切り株をいくつか並べてあるだけで、事前に知らされていなければここが駅だとは思わないだろう。

荷台を引っ張っているのは馬とラクダを足して割らなかったような不思議な動物だ。一応、馬ということにしておこう。

（ラクダっぽい顔面だけど、唾飛ばしてきたりしないよな……？）

ユウキはラクダ馬にビビりながらも、不機嫌顔で煙草をふかしている御者に話しかけてみる。

「あの、このばしゃは……トワノライトにいきますか？」

「あん？」

ユウキを見て、御者が怪訝な顔であごひげを撫でた。

「行くには行くが……坊主、一人かい？」

「はい」

「こんな場所でガキが……？　さては幽霊か」

「ちがいます、いきてますっ！」

「ふぅん……事情は知らねぇけど、お客はお客か。手荷物はリュックと犬だけか」

ユウキはこくんと頷いた。

「のれますか？」

もし満員で乗れない、なんてことになったら目も当てられない。

見たところ、客も荷物もほとんどない。

「心配しなさんな。こんな僻地からの客なんていねぇよ……グラナダス様のためだけに走らせてる便みてぇなもんだからな」

「ぐらなだす？」

「知らねぇのかよ、魔王を倒した大英雄様だ。たまにこのあたりからの乗合馬車を使ってるつーんで、廃便にしちゃいけねぇって国から圧力がかかってんだ」

おかげで赤字路線を運行し続けないといけない、と御者はぶつぶつと文句を零している。煙草の煙を鼻から吹き出しながら愚痴っている姿は、いかにも労働者という感じだった。懐かしい。

うーん、オトナだ。

ユウキは久々に感じるプロレタリアートな空気感に背筋を伸ばした。

「一騎当千の大英雄……たったひとりで魔獣の群れを蹴散らす強さ。誇張してあるんだろうが、話を聞くだけでおったまげるよ」

「つよいひとなんだ」

「ああ。仮面を被った謎の戦士ってのも、男心をくすぐるよな。どこからともなく現れて、仲間とともにあっというまに魔王時代を終わらせたんだ！」

「へぇえ！」

浮世から離れて育ったことを、ユウキはあらためて思い知る。

オリンピアはあの通りの天然系精霊だし、ルーシーも不在がちなうえに寡黙なマタギだ。世間の噂話などからはほど遠い。

「だがなぁ」

御者は短くなった紙巻き煙草をぽいっと投げ捨てた。

「魔王を倒してくれたってぇのはありがたいが、おかげでそこらじゅう瘴気まみれだ……グラナダス様のせいじゃねぇっつっても……」

瘴気。

かつて美しい山だったというオリンピアの仕処が、魔獣がうじゃうじゃうろつく雪に閉ざされた山になってしまった原因も、瘴気による影響だという。

この御者はグラナダスという人に対して、複雑な感情を抱いているらしい。たぶん同じような感情を多くの人が抱いているのだろう。もしかしたら、本人すらも自分を「英雄」だなんて思っていないかもしれない。

ユウキは御者に乗合馬車の運賃を渡す。

事前にルーシーに運賃を教えてもらっていたから、困ることはなかった。

御者が眩しそうに空を見上げる。瘴気の影響なのかどんよりと曇っているが、太陽がちょうど南中したところだ。

「さて、乗りな」

「はいっ！　おにいさん、よろしくおねがいします」

「腹にもねぇことというな、坊主。おまえからみたら、ジジイもいいところだろ」

自虐気味に肩をすくめる御者は口ひげを蓄えているぶん、ワイルドな印象ではあるけれど二十代半ばだろうか。ユウキにとっては、ジジイというほどでもないのだが。

馬車に乗り込む。客はユウキだけだった。

あとからやってくる客のことを考えて、一番奥に詰めておく。

御者の真後ろあたりに陣取って、腰を下ろした。

「ポチ、おいで」

「わふっ」

下ろしたリュックはしっかりと前に抱えたままにしておく。

なんということはない、満員電車に乗り込むときのスタイルである。

馬車は幌で日差しや雨を遮る構造になっているが、大雨には耐えられないような粗末なものだった。

「今日はデカい乗り継ぎ駅まで行って、そこの宿場に泊まってもらう。明日の馬車はもうちっとマシなやつなはずだぜ」

言い訳のように御者が言った。

「明日一番に出発したら、トワノライトまでは一昼夜走り通しだ」

「はい」

いきなり泊まりがけの移動である。

尻がそわそわして落ち着かないユウキに、ポチがぴったりと寄り添ってくれた。まさか凶悪な獣の王・フェンリルだとは思えないつぶらな瞳である。

乗り継ぎ駅に到着したのは日没後だった。

宿場ではものを食べないように、と言われたのを守って割り当てられたベッドのうえでパンを齧って眠ることにした。

毛布は薄くて使い物にならなかったけれど、ポチが寄り添ってくれたので寒くはなかった。コオリオオカミたちの親玉のように振る舞っていたフェンリルが、こんなにモフモフと温かい毛皮を持っているのは不思議なものだけれど、ちょっと獣臭いのすら安心感があった。


翌朝早く、ユウキの向かうトワノライト行きの馬車は小さいものだった。

とにかく機動力を重視している、とのことだ。

馬とラクダを足したような動物は、魔獣の一種で「フタコブウマ」という名前だそうだ。一昼夜走り通しという運行に耐えられる、タフなやつだとか。

間抜け面でも魔獣は魔獣だから、くれぐれも気を付けてくれと御者に念押しをされた。

手狭な荷台にはユウキの他には三人いて、みな大荷物を背負っている。

ひそひそと話をしているので、知り合い同士だろうか。

耳をそばだてると、「次の仕事が……」とか「そろそろ稼ぎがなんたら」とかいう言葉が聞こえる。

(たしか、トワノライトって鉱山がある街なんだもんね……出稼ぎか)

昨日と同じ御者が、他の客たちに詰めさせてユウキのための場所を空けてくれた。ユウキと荷物、それからポチが座れるだけのスペースができた。

乗客は少ないが、いかんせん荷物が多い。乗客の手荷物だけではなく、トワノライトに搬入する荷物も混じっているようだ。

とはいえ、座れるだけ満員電車よりはマシだろう。

人相が悪かったり、なんだか胡散臭(うさんくさ)かったりする男たちがぎゅうぎゅうに詰め込まれた馬車の荷台で、ユウキは小さい身体をもっと小さくした。

「それじゃ、出発ぅ」

気のないかけ声とともに、馬車が動き出す。

ちょっとでも揺れると隣の客と肩がぶつかる。

ずっとユウキの様子を横目でうかがっていた隣の客が、出発からしばらく経って話しかけてきた。

「坊ちゃん、ひとり旅かい?」

「……はい」

「へぇ、小さいのに偉いねぇ。どっから来たんだ?」

どこ、と言われても地名すらない場所からやってきたのだ。まさか、魔の山からやってきたとも言えないだろうし。

「……山奥から」

「へえ、じゃあトワノライトに着いたらひっくりかえっちまうよ。すげぇ魔石が発掘されるようになってから、あっという間に一万人が集まる大都市だ」

「そうなんですか」

「おう。あっちで困ったことがあれば俺に言ってくれよ?」

男が親しげにユウキの頭をわしわしと撫でて、肩を組んできた。

ポチが男に対して、小さく唸るのをユウキは手で諌(いさ)めた。

「デカい街には詐欺師にスリ師、人攫い! やべぇ奴らがたくさんいるからなぁ。坊ちゃんみたいな可愛い子は、特に心配だなぁ」

「……はぁ、どうも」

ユウキはそっと隣の客と距離をとる。

(心配なのは、この人っていうか、「この人たち」のほうなんだけど……)

隣の客……にこやかな顔を崩さないトンガリ帽子と、その向かいに座っている屈強なチョビ髭(ひげ)男とスキンヘッドの二人組。

この三人は、どうやら「お友達」同士のようだ。

◆

トンガリ帽子がずり下がってきて、乗合馬車に揺られている男……スティンキーは舌打ちをした。

ちらりと向かいに座っている仲間たちに視線を送ると、「何をグズグズしているんだ」とばかりに、睨み付けられる。

チョビ髭で人相を隠しているアベルとスキンヘッドと筋肉が自慢のマイティは、スティンキーが何かヘマをするたびに腕力にものをいわせてぶん殴ってくるのだ。

——そう、スティンキーたちはスリ集団である。

乗合馬車の客の中でぼんやりした人間に狙いを定めて、旅の荷物から貴重品をくすねるのだ。

今回の標的は、もちろん世間知らずのガキんちょだ。

楽勝の仕事のはずだった。

（なんだよ、このガキ……全然隙がねぇ）

標的にした子どもには、少しの隙もなかった。

過度に警戒している様子があるわけではない。むしろ、ぼんやりと窓の外を眺めて旅情を楽しんでいる様子だった。

スティンキーは愕然とする。

おのれの腕にはある程度の自信があった。

だが、目の前の子どもからは、荷物に手をかけるための一切の隙を感じられないのだ。

「いやあ、不思議だなぁ……あのクソ野郎どもが姿を見せやがらねぇ」

御者がぽつんと呟いた。

スティンキーには「クソ野郎」が誰のことかわかった。

ブラック・ウルフだ。

駅からトワノライトに向かうにあたって必ず通る草原には、ブラック・ウルフの群れが住み着いてしまっているのだ。

ブラック・ウルフは最大で五十匹程度の群れを形成して、集団で狩りを行うのである。体長はそのあたりの犬とかわらないが大型の獲物にも怯(ひる)まない獰猛(どうもう)な性格で、自分たちよりもはるかに大きな獲物を仕留めるのだ。

つまり。

大型の三頭立ての馬車を追いかけてきて、横転させようとする。非常に危険な猛き魔獣なのだ。

トワノライト行きの乗合馬車がかなりの距離をノンストップで駆け抜けるという無理な運行にならざるをえないのは、ブラック・ウルフの群れのせいなのだ。

何度か駆除のために様々な組織が動いているらしいけれど、いくつもの群れが繁殖しているため根本的な解決にはならない。一時的に被害が減ったとしても、時間が経てばすぐにブラック・ウルフの群れは元通りになってしまう。

スティンキーはこの路線を何往復もしているが、ブラック・ウルフの群れに襲われなかったことはほとんどない。

しかも、以前のブラック・ウルフの駆除活動からはかなりの時間が経っているのだ。むしろ、もしもの時にしか使わないと厳しく言われている乗合馬車に備え付けの兵器を使用するかもしれない――という状態だ。

それなのに、ブラック・ウルフの影がひとつもない。

「……妙だな」

首を捻っている御者。

だが、スティンキーには薄らとわかっていた。

（この坊主、じゃないか……？）

昔から、勘のいい男だった。

相手のわずかな隙を見つけて付け入るスリ稼業で成功してきた自覚がある。だからこそ、わかる。

（……やべぇ、具合悪くなってきた）

奇妙な子どもの隣に座っている犬すらも、不気味に思えてきた。

スティンキーは、スリ仲間たちの顔色をうかがう。

二人はまだ、状況の異常さに気がついていないようだ。

どうしよう、とスティンキーは頭を抱えた。

◆

どうしよう、とユウキは思った。

隣に座っているとんがり帽子の男が、明らかにユウキの荷物を付け狙っているのだ。

(こ、こんなにバレバレなのって……何かの罠か⁉)

こんな閉鎖空間だ。

強盗ではなくて、荷物だけを狙っているのだから……少しは腕に覚えがあるはずだろう。

素人同然の子どもに気配を悟られるなんて、大丈夫なのだろうか。

(それとも、何か独特の挨拶とか風習とか？　たしかに、当たり前のマナーだったら師匠もわざわざ教えてくれないもんな……)

案外、生活に馴染んだことほど教えるのが難しいのだ。

たとえば、階段の上り方や深呼吸の仕方なんて、誰でも知っていて当然だと思ってしまうものだから。

「いやー、坊主たちはツイてるね」

御者がのんびりした様子で話しかけてきた。

気まずい思いをしていたところに、天の助けである。

「ついてるって、どういうことですか？」

「ブラック・ウルフどもがいねぇだろ。いつも馬車走らせると後ろを追いかけ回してくるんだ」

御者が言った。

ブラック・ウルフといえば、襲われたくない魔獣ランキング上位だとルーシーが言っていた。かなりやっかいな敵だったはずだ。

「追いかけられたら、こんなのんびり走っていられやしねぇからな。馬車酔いしてゲロ吐くだろうし、そこの犬っころなんて振り落とされちまうぜ」

「わあ」

聞けば、今まで何度も馬をやられたことがあったらしい。

そんな恐怖体験、できれば絶対にしたくない。

馬車の内部には、バレバレのスリ師。

馬車の外側には、よだれを垂らした獰猛な狼。

最悪だ。最悪すぎる。

「あの野郎どもがツラ見せねぇなんて、グラナダス様が馬車に乗っているときくらいだって聞くがなぁ」

また、グラナダスの名前だ。

たぶん、とんでもなく強い人なんだろう。

魔獣といえども、野性動物。自分よりも強い存在に対しては、するどい勘が働くのだ。うっかり襲ってきたりなんかしない。

(……ん？　自分よりも強い……)

ユウキは隣に座って大あくびをしているポチを、じっと見つめる。

いつでも笑っているみたいな表情のポチが、首をかしげた。

誇らしげにえへんと胸をはっている。

大きなモフモフの尻尾の先が、くるんとカールして……なるほど。

(さっき、出発する前に……車輪にマーキングしてたよな)

フェンリルとはいえ犬だ。散歩中にあちこちにおしっこをしたりマーキングをしたりする。

魔獣の王であるフェンリルは、狼型の魔獣を従える権能を持っていた——とルーシーから伝え聞いている。

もしかしたらポチの匂いが、ブラック・ウルフたちを遠ざけているのかもしれない。

「ポチのおかげかな。よくやった、えらいぞ」

「わんっ」

ユウキたちのやりとりを見ていた御者が大笑いした。

「ははは！　獣はより強い獣を避けるっていうが、まさかな！」

ユウキの隣で、とんがり帽子の男が「は、はは」と愛想笑いをした。

その途端に、向かいに座っていたつるつる頭が悪態をついた。

「おい、何を笑ってやがんだ。スティンキー」

「わ、悪かったって」

「……放っておけ、マイティ」

「だがよ、アベル……あいついつまでもグズグズと……」

「五月蠅い、黙ってろ」

つるつる頭の男を諫める髭の小男は、じっとユウキのことを見つめている。品定めをするような、そんな眼差しだ。

（やばくなったら、本気で戦わない。つまり、逃げる）

師匠であるルーシーからの教えを、ブツブツと繰り返す。

幸いなことに、運賃は前払いだ。何か揉め事が起こった瞬間にダッシュで逃げたとしても、未払い金は発生しない。

◆

なんとなく気まずい車内の空気が変わらないまま、かなりの時間が経過した。地平線のむこうに見える山の麓に、街影が浮き上がってきた。

鉱山の街、トワノライト。

魔王時代が終わったのちに、石自体に精霊の力を宿した鉱石『エヴァニウム』——つまりは、貴重なエネルギー源を採掘できる鉱脈が発見されたことで一気に発展した町だ。鉱石の採掘には人手が必要なので、各地から多くの人が出稼ぎにやってくるらしい。

「うわ、ダイオウドラゴンだぁ！　ほら、上！」

「わあ、すごいっ」

御者の声に、馬車の後部から身を乗り出して空を見上げて、感嘆の声をあげる。空を悠々と飛ぶ、めちゃくちゃにデカいドラゴンの姿があった。

空飛ぶシロナガスクジラといった感じだ。

「すごい。あれも、まじゅう……なんだよね」

「まあ、そういうことになるのかの。でも地上には降りてこないし、人を襲うことはほとんどねぇ。むしろ魔獣を食ってくれるとかいう噂だよぉ」

「へえ……そういうのもいるんだ」

空を泳ぐダイオウドラゴンに興味津々のユウキとポチの背中を、乗合馬車の乗客がじっと見つめていた。

空に夢中で、馬車の後部から身を乗り出している。

つまりは、ずっと抱えていたリュックから視線が離れたのだ。

そのとき。

スキンヘッドのマイティが、太い腕を伸ばす。

——マイティの魂胆はこうだった。

（はっ、こんなガキちょっと脅せば小便チビって黙るだろうが……御者だってそうだ、なあ？）

じろり、と腰抜けの同僚を睨み付ける。

マイティに言わせれば、スティンキーはこだわりが強すぎる。

ちょっとばかり手先が器用で気が回るからといって、スリ師であることに誇りを持ちすぎている。そういうところが、腕力自慢で他のことが少し苦手なマイティを馬鹿にしているようで腹が立つ。

奪えればいいのだ、奪えれば。

ぼんやりとしたガキめ、とマイティは口元を歪める。

馬車の後部から乗り出している身体を支えるように、小さな手で大荷物のベルトを握っているが、力尽くで引っ張れば簡単にむしり取ることができるだろう。

声をあげようとしたなら、口を塞いでやればいい。

御者が振り返ることはない。

マイティが何をしようとしているのか気がついたスティンキーが「やめとけ」とジェス

チャーで制してくる。

ふざけるな、とマイティは当てつけのようにリュックを強く引っ張った。

「っ、……あ?」

リュックを、強く、引っ張った。

強く、引っ張った。

……動かない。

一体どうして、とマイティは狼狽えながら手元を見た。

何も起きていない。

ただ、子どもの小さな手がリュックを掴んでいるのだ。

「あの……おに、あっあっ。おじさん、なにかごようじですか」

「なっ」

狼狽えたマイティは、思わずリュックから手を離す。

どうしてこんな子どもが握っているだけなのに、引き剥がして奪うことができないのか、わからなかった。

「なんでもねぇよ！　荷物から目を離すとあぶねえぞ、ガキ」

動揺のあまり、マイティは大声を出す。

「つーか、わざわざ『おじさん』って言い直すな！」

「ご、ごめんなさい」

「おい、馬鹿が。騒ぎを起こすな」

心底面倒くさそうな、しゃがれた声が響く。アベルだ。

場末で食い詰めていたスティンキーとマイティを拾ってくれた恩人だが、得体が知れなくて気持ちが悪い奴だとマイティは思っていた。

アベルはひょいと頭を下げる。

「自分のツレがすまなかった、えぇっと？」

「あっ、ユウキ……」

「ユウキ殿か。粗野で馬鹿な男なのだ、許してくれ」

「い、いえいえ！」

「その年齢で一人旅とは、何か事情があるのだろうが……何はなくとも、よき旅を」

にこり、と微笑んでみせたアベルに、チラチラと後ろを振り返っていた御者が、ほっとした様子で前に向き直った。

マイティはアベルの耳元で文句を言う。

「おい、邪魔するな」

「邪魔？　勝手な真似をするからだろう……トワノライトまではまだ一昼夜あるんだ。夜になればガキなんてすぐに寝るだろ。スティンキーに漁らせればいい」

また、スティンキーだ。

マイティは唇を噛むが、たしかにアベルの言うことはもっともだ。

寝ているときはどんなに訓練された兵士でも、隙があるものだ。

日が沈んでくると、御者が馬車のスピードを落として振り返る。

「お客さんがた、日が沈んだら幌を閉め切ってくださいよ。明かりが漏れると、ブラック・ウルフどもが狙ってくるかもしれねぇ」

古い毛布が荷台に投げ入れられた。

客は夜の間はそれにくるまって眠るのだ。

一昼夜の運行だから、トワノライトに到着するのは明け方だ。

結論としては、夜になれば荷物を狙う隙があるだろうという目論見は、あっけなくはずれた。

夜の暗闇。

ユウキがぐっすりと眠ったのを確認してスティンキーが荷物に手を伸ばすと、獰猛な唸り声があがった。

すわ、ブラック・ウルフかとスリ師三人組は身を固くしたが、そうではなかった。ユウキという子どもの連れている犬が、爛々と光る瞳で三人を睨み付けていたのだ。

怖い。怖すぎる。

スティンキーがまた頭を抱える。

ただの犬ではない、謎の迫力があった。

唸り声を聞くだけで、なんだか寒気がするようだった。

「おい、なんだあの犬……怖いぞ！」

「知らねぇよ……ガキのほうはぐっすり寝てるってのに……」

「スティンキー、お前……番犬に吠えられたことはないって言ってなかったか？」

「あのガキも犬も、何か変だよ……怖くなってきた……」

暗闇の中で、二つの眼が青く光っている。

「おい、お前ら。うるさい……今日はもう諦めて寝るぞ」

リーダー格のアベルが気だるげに吐き捨てて、さっさと毛布にくるまって眠ってしまった。

「マイティはなんともねぇのかよぉ……」

スティンキーが涙目で訴える。

結局、マイティもスティンキーも一睡もできないままで、夜明けをむかえたのだった。

六、鉱山都市トワノライト

鉱山都市トワノライトが見えてきた頃、東の空が白みはじめてきた。
ポチ――魔獣の王との異名をとったこともあるフェンリルは、大好きなご主人との二人旅に大変はりきっていた。

ポチがまだ魔獣の王と呼ばれていた頃、ポチのご主人は魔王と呼ばれる人だった。とても意識が高く、彼が個人的な事情で憎んでいたニンゲンという種族をえこひいきする精霊たちを敵視していた。

当時のポチ――フェンリルに与えられた仕事は、人間たちを追いかけ回したり、あまり賢くない同族たちを従えて凶暴な人間たちに立ち向かったりすることだった。

それなりに誇りを持って取り組んでいたが、やたらと強い人間に虐められて、ほうほうのていで逃げだし傷を癒やしている間に、元ご主人である魔王は倒されてしまった。

それで、瘴気とかいうものがいたるところにばら撒(ま)かれた。

フェンリルにとっては悪いことではなかったが、瘴気というのは鼻が曲がるほどに臭いので気が滅入ってしまった。

魔王の犬だった頃には怖い顔をして襲ってきたり、痛い思いをさせてくるやつらが後を絶たなかった。フェンリルはうんざりしていた。うざかった。

せっかく主人のいない野良フェンリルになったのだから、と自由にのびのび野山を駆けまわるという夢を叶えることにした。

そして、長い時間が経ったのち。

フェンリルは今の主人、ユウキに出会ったのだ。あの忌々しい凶暴な人間とそのツレの精霊が結界の奥でのうのうと暮らしていることに気づいたフェンリルは、ちょっと脅かしてやろうと眷属を連れて結界破りをしようとした。

当然、忌々しい凶暴な人間のメスは怒ってフェンリルを追いかけてきた。

一撃を食らって、またフェンリルは手負いになった。

ああ、まただ。フェンリルは唸った。

あの人間は、強すぎる。

あのメスは、年齢を重ねても老いて衰えるどころか、より洗練された強さを手に入れていた。

まったく、忌々しい。

眷属のコオリオオカミたちも、散り散りになってしまった。

苛立ちながら、隠れていたところに……ユウキがやってきたのだ。

だが、このユウキは少し普通の人間と違ったのだ。

フェンリルを殺そうとも、追い出そうともしなかった。

「……あのさ、おなかすいてるんじゃない？　これたべる？」

あの凶暴な人間と別れて、ユウキはたった一人でやってきた。

はじめは、腹いせに食ってやろうかと思った。

だが、ユウキが差し出してきた干し肉を食べて驚いた。

今まで食ったどの肉よりも美味かった。

どうしたことか、とフェンリルが戸惑っていると、

「なんか……おまえ、ほかのまじゅーとちがって、ちょっとはなしがつうじてるかんじがしてさ。むかしひろえなかった、いぬのこと、おもいだした」

と、小さい人間は昔話を始めた。

以前に生きた別の人生があること。

その頃に、雨の日に捨て犬を見つけたこと。

当時好きだった女の子が、その様子をこっそり見てくれていやしないかと期待したこと。

その犬を家庭の事情で飼うことができなかったこと。

それを今でも少し後悔しているのだということ。

気がつくとフェンリルは、ぐるぐると唸るのをやめていた。

そして、フェンリルに向かってにこりと笑って、頭を撫でたのだ。

長い人生、いや魔獣生で、人間に……いや、他の生き物に微笑みかけられたのは初めての経験だった。

なんだか尻尾を振りたい気持ちになった。

この小さな人間に、名前を呼ばれたい気持ちになってしまった。

「ポチってなまえにしたかったんだよなぁ……犬を拾えたら」

……ポチ。

なるほど悪くない、ポチ。

フェンリルはその名前を、すっかり気に入ってしまった。

その名前を、自分のものにしたい。

ポチ——音の響きを考える。

魔獣の王たるフェンリルは、すぐに理解した。

自分はポチを名乗るには、図体がデカすぎる。顔が怖すぎる。

名前にふさわしい体にならなくては！

「……え？」

「わふっ！」

気がつくと、フェンリルは——ポチは善良な子犬の姿になっていた。

主人であるユウキの足元を駆け回るのにふさわしい、フサフサの犬に。

「な、なにこれ!?」

「わふわふっ」

こうしてフェンリルは、忠犬ポチとしてユウキの相棒となったのだ。

忌々しい凶暴な人間には、たまに牙を剥いてぐるぐる唸ったりもしたけれど、おおむね良好な関係を築いていてきた。

だがポチは、忠犬としてもっとご主人の役に立ちたいと常々思っていたわけである。結界の中は退屈すぎた。

そういうわけで。

ポチはこの旅に出るにあたって、とても張り切っていたのである。

草原にかなりの数が繁殖しているブラック・ウルフの群れを魔獣たちの王としてのオーラで牽制(けんせい)し、弱い人間のオスごときが大切なご主人に危害を加えないように（ごく穏便に）ちょっとだけ脅してやったわけだ。

仕事をやりきったポチは、とても清々しい気持ちで熟睡しているユウキを前足でゆさゆさと揺り起こした。

……このユウキに備わっている能力こそが金髪ロリ女神にも感知できない、前世の得により獲得した才能(スキル)のひとつ「テイムＥＸ」だとわかるのは、もっと後になってからである。

◆

というわけで、ユウキとポチはトワノライトに到着した。

街の外周が高い城壁に囲まれているのは、魔獣対策だそうだ。

なお、到着した瞬間にはユウキは爆睡していたので、外観はほとんどわからない。遠目で街の全貌を見ていれば、大まかな広さなどがわかったかもしれないのだけれど。

ぺろぺろと顔を舐めてポチが起こしてくれたときには、すでに他の客はいなくなっており客席を圧迫していた荷物も運び出されている。

どれだけ爆睡していたのか。

我ながら図太い神経である。夜行バスでもぐっすり眠れるタイプなのは、お子ちゃまになっても変わっていないようだった。いや、むしろさらによく眠れるというか。

「よっと」

一日ぶりに馬車から降りて、地面を踏みしめる。

ずっとガタガタ揺れていたからか、なんだか平衡感覚がおかしかった。

「坊ちゃん、乗り心地はどうだった？」

「ふわ……ずっとねちゃってたので、おもったよりだいじょうぶかも」

「そうかい。いつも悪さする野郎どもを完封とは、恐れ入ったなあ」

「……？」

「ブラック・ウルフどもとのチェイスもなかったし、毎日でも乗ってほしいくらいだぁ！　これ、運賃ちょっとオマケしてやるよぉ」

御者がいやに上機嫌だった。

無事に目的地に到着した際に支払うはずだった報酬を「おまけだよ！」とかなんとか言って受け取ってもらえず、ユウキは逆に怖くなってしまった。

（俺……別に何もしてないのに……？）

それとなく御者に尋ねてみる。

同じ馬車に乗っていた三人組は支払いを済ませるやいなや、挨拶もそこそこにそそくさと人混みに紛れていってしまったらしい。

なんだか、ユウキに怯えていたみたいだけれど……？

「わんっ」

なぜか誇らしげにしているポチの頭を撫でてやった。

相棒がいるのは、心強い。

街に入る際には、簡単な手荷物検査があった。

トワノライトで採掘される鉱石エヴァニウムの密輸や盗難を恐れているみたいだ。

ユウキはきょろきょろとあたりを見回す。

すごい人出、見たことのない道具、食べ物の屋台。

道行く人が着ている服からして、多様な人々。

まるでファンタジー系のオンラインゲームの中に入り込んでしまったみたいだ。

「ここが……都会……っ！」

精霊や魔獣というある意味ファンタジー要素ではあるけれど、どちらかというと自然に囲まれて育ったユウキにとって、初めての「街」だった。

明け方の街に、ＬＥＤや電気ではない明かりがちらほらと見える。

まだ日が昇りきっていないというのに、かなりの人が忙しなく出歩いている。

ユウキと同じく、トワノライトに到着したばかりの人たちが眠たげに歩いている。忙しなくどこかへ向かっていく人たちも多い。

身長の小さいユウキのことが視界に入らないらしく、何度かぶつかりそうになってしまう。

ユウキと同じ背格好の子どもは、まったく見当たらない。

正直、とても場違いだ。

（とりあえず、師匠にもらったメモを……ピーターさんとの待ち合わせ場所はどこだろう）

トワノライトではルーシーの知人、ピーターの家に居候することになっている。

ピーターという人の営む『手伝い屋』の手伝いをするのが、この街でのユウキの仕事になる予定だ。

仕事を得るのは、オトナとしての大きな一歩。ありがたいことだ。

といっても、まだ六才なのだけれども。

（えぇっと……銅像前？　いや、銅像ってそんなふんわりと……）

明け方の街を、手元のメモを見ながら歩く。

ルーシーが簡単な地図を書いてくれたが……まったくもって、意味がわからない。地図を書くのが下手なのか、もしかして、ルーシー自身が方向音痴なのか。目印となるランドマークがまったく描き込まれていないので、現在地がどこなのかもわからないし、目指すべき銅像がどこなのかもわからない。

「とりあえず、あるくか」

六才児とはいえ、雑踏を歩くくらいのことはできるだろう。

毎日くたくたになりながら都心とベッドタウンを往復していた身である、雑踏を歩くのは苦手じゃない。いや、むしろ得意分野といってもいい。任せてくれ――と、思ったのだけれど。

「ひっく……ねえ、見て。鞄が歩いてる」

「やだ、飲み過ぎじゃないの？」

「ほんとだってば～……ほら、あれ」

「本当に鞄が歩いてるじゃないの、かわいいっ！」

くすくす、という笑い声に振り返る。

鞄が歩いている、というのはどうやらユウキのことらしかった。

思わず振り返ると、胸元や太ももをハデに露出したお姉さんが二人、ユウキに向かって手を振っていた。

とろんとした表情。

あれは、明らかにオールで飲み過ぎた翌日というテンションである。

……というか、とんでもなく化粧が濃い。

夜の飲み屋の照明ではちょうどいい具合でも、朝日に照らされると部族同士の戦いに赴く戦士の戦化粧といった感じだ。

強そうにもほどがある。

顔面屈強お姉さんが、ひらひらとユウキを手招きした。

「ねえ、鞄さん。よかったらお姉さんたちと一緒に寝ない？」

「ひ、ひぇっ」

ユウキは後ずさりをして、慌てて駆け出した。

背後からクスクスと笑い声が聞こえてくる。

子どもをからかっちゃいけません！

きょろきょろとあたりを見回しながら歩くが、「銅像」っぽいものは見当たらない。

かなり広い街だ。誰かに尋ねればいいのだろうが、さきほどのお姉さんたちの様子を見るに、あまり治安の良くない区域に迷い込んでしまったようなので誰かに声をかけるのも憚(はばか)られる。

早足、といっても六才児なりの早足でトコトコ歩いていると。

どこからか、うめき声が聞こえた。

「……?」

耳を澄ます。

ユウキでは音がどこからするのかはわからなかった。

困った、というか、迷った。

聞かなかったフリをするべきか、それとも――。

「わうっ」

ユウキの迷いを察したらしいポチが、「俺についてこい！」とばかりに鳴いた。親切で可愛くて頼りになる魔獣の王フェンリル（ミニサイズ）である。

（ここ……?）

ポチが連れてきてくれたのは、明らかに怪しい路地裏だった。

そっと覗き込むと、見るからに怪しげな人影が。

やたらとガタイのいいスキンヘッドの男と、とんがり帽子のキョドキョドしている細身の男……見覚えが、ある。

「なあ、マイティ。やっぱりマズいって……この人、ミュゼオン教団の聖女さんだよ？」

「ちげぇよ、まだ聖女にもなってない見習いだろうが」

「でもよぉ……こんな女の子から身ぐるみ剥ぐなんて」

「だから、だろ。教団の見習いが奉仕活動中に襲われたなんて話、それこそ掃いて捨てるほどあるんだ……バレやしねぇよ」

「でも……アベルは女は狙うなって」

「あいつの言いなりなんて反吐が出るぜ！」

明らかに苛立っているマイティと、それを諫めようとしているスティンキーの足元に倒れている人影を見て、ユウキは息を呑んだ。

女の子だ。十二才くらいだろうか。

ぐったりとしていて、意識不明の重体。

もしかして、彼らに乱暴をされたのだろうか。

師匠であるルーシーの言いつけ——本気で戦ったりしてはいけない、というルールが頭をよぎる。

（いや、ムリだわ）

師匠、ごめんなさい。

かあさん、怒らないでね。

ユウキは心の中で育てのママと母に謝罪しつつ、一歩を踏み出した。

明らかに困っている人を見捨てるなんて、できない。

「ねえ、おじさんたち何してるの？」

正義のヒーローみたいな決め台詞だと思って放った言葉は、六才の声帯のせいで体は子ども頭脳は大人なメガネの小学生探偵みたいな「あれれ〜？」感が出てしまった。

「げっ、馬車のガキ」

ユウキとポチは、倒れている少女に駆け寄った。

かろうじて息はあるようだ。

ユウキはほっと胸をなで下ろす。

だが、病院なんてあるのかもわからないし、スリ二人組に囲まれていることは変わらない。

状況は悪いのだ。

「ち、違うんだ……俺は止めようと」

「ガキ相手にビビるやつがいるか、どけ！」

スティンキーを押しのけ、マイティが大きな手をユウキに伸ばしてくる。

「うわっ」

首根っこを掴まれて、ユウキの身体が宙に浮く。

ポチがぐるる、と唸った。

その目が妖しい青に光ったのを見て、ユウキは慌てて制止する。

もし今、ポチが本気を出してしまえば大騒ぎだ。

やたらとユウキに懐いていることでウヤムヤになっているが、ポチの正体はフェンリルである。絶対にこの場で、化けの皮が剥がれてはいけないのだ。

（ポチ、まて！　まてっ！）

必死のアイコンタクトでポチを制止する。

とりあえず、ここから離れなくては。

路地裏の人目のない場所で、倒れている少女とチンピラ二人。

六才児には荷が重すぎる。場所を変えたい。

「よっ！」

「なっ、手が……？」

ユウキは身体をよじってマイティの手を振りほどく。

山奥にはユウキを捕まえて食べようとする食虫植物っぽい魔獣が生息していた。

ルーシーと一緒に狩りをしている最中、そのキモい植物の蔓(つる)にからめとられることがよくあった。

マイティの手から逃げるくらい、あの蔦(つた)から逃れるよりはずっと簡単だ。

最後には必ずルーシーはユウキを助けてくれるけれど、一度呑み込まれてしまえば全身がべたべたになってしまう。早く助けてくれればいいのに、ルーシーはニコニコと笑いながら、もがいて奮闘するユウキを見守っているのだ。

あれ、絶対ちょっと楽しんでたと思う。

「その子のそばにいて、ポチ」

「わんっ」

ポチに少女を任せて、ユウキはぽてぽてと走り出す。

頭に血が上っているマイティは、血相を変えて追いかけてきた。

何度か追いつかせては、空振りさせる。

意外と動きが遅いのは、長旅で疲れているのだろうか。

よかった、六才で。若いって素晴らしい。

「やめろって、マイティ！」

スティンキーが慌てて追いかけてくる。

ユウキはひょいひょいと掴みかかってくるマイティの腕を避けながら、人目のある場所を目指す。

早朝の街だからだろうか、明らかなトラブルなのに道行く人々が立ち止まることはない。通勤ラッシュの駅のホームと同じだ。人が落ちても知らんぷり。

「お、おねーさんたち！　たすけてっ」

とっさに助けを求めたのは、さっきユウキにメロメロになっていたケバいお姉さんたちだった。

「あら、さっきの子！」

「どうしたの⁉」

「きゃっ、あの人……たまに来る、クソ客のハゲじゃない？」

「あ、マジじゃん」

マイティを指差してクスクスと笑う酒場で働いているらしきお姉さんたち。

いやいや、クソ客って口にでちゃってますけれど。

ユウキは苦笑いした。

なんというか、勤務時間外の女の人というのは容赦がない。マイティにもそれが聞こえたのかショックを受けた表情をしていた。

「く、くそぉぉお！　馬鹿にしやがって！」

「うわ、わっ！　ぼくはかんけいないのではっ！」

結果として、八つ当たり先がユウキになったのは想定外だった。

「くっ、このガキ！」

ゆで蛸（だこ）みたいになったマイティが吠えた、その時だった。

「何してる？」

ひょい、とユウキを抱き上げる手があった。急に足が地面から離れてびっくりしていると、目の前には口ひげが出現した。

「げっ、アベル！」

口ひげの小男――三人組のリーダー、アベルがマイティを睨み付けていた。

ぴたり、とマイティの動きが止まる。

「マイティ、スティンキー。勝手に何をしてる？」

ドスの利いた声。迫力のある立ち姿。

とても不機嫌そうなアベルの様子を一言で表すと、ド迫力だった。自分よりもずっと大柄なマイティを圧倒している。

けれど不思議なことにアベルのオーラは、ユウキにとっては怖くない。

「坊主、悪かったな。乗合馬車に引き続き、うちの馬鹿どもが」

ぼそぼそと喋るアベルが、そっとユウキを地面に下ろしてくれる。

とんがり帽子をとって、スティンキーもユウキに向かってぺこりと頭を下げてくれた。乱暴者のマイティ以外は、実は良い人なのかもしれない。

「……あっ！」

とりあえず、うやむやのうちに場が収まったところで、ユウキは倒れていた少女のことを思い出す。

まずい、あの子のところに戻らなくては、と回れ右をした。

「待て、この状況はなんなんだ……その坊主と、どうしてまたつるんでる？」

「そ、それはマイティが……その、ミュゼオン教団の聖女見習いを……」

スティンキーがアベルにしどろもどろで説明をしている。

それを聞いていたアベルの表情が、一気に曇った。

「……お前、ミュゼオンの少女に手を出したのか？」

「ご、ごめん。俺は止めたんだ」

スティンキーの声が裏返る。

「……いや、もういい」

マイティは不機嫌を隠そうともしなかった。

(なんか、事情がよくわからないけど……もう行っていいのかな)

ユウキはそっとその場を離れようとする。

「待て、坊主」

「は、はいっ⁉」

アベルに声をかけられて、飛び上がる。

「ミュゼオン教団の聖女見習いが倒れていたのなら、腹が減っているか魔力切れかのどちらかだ……これ持ってけ」

手渡されたのは、パンの入った紙袋だった。

まだほんのりと温かい。

「俺たちの朝飯用に買ったパンだが、まだ手はつけてない……ほら、とっとと行けよ」

「えっと、ありがとう……？」

ミュゼオン教団だとか、聖女見習いだとか、聞き慣れない単語ばかりだ。

ルーシーは身体を鍛える以外のことは最低限しか教えてくれなかったし、オリンピアに至っては精霊だ。人間のことは極めて疎い。

とりあえず、倒れていた子を助けにいかないと。

ポチがいるとはいえ、さっきの路地裏にまた悪い奴が寄ってきたら大変だ。


路地裏に戻ると、ポチがお行儀よく待っていた。

石畳に倒れ込んでいる少女にぴったりと寄り添って、モフモフの毛皮で温めてくれていたようだ。

「よくやった」

「わんっ！」

頭を撫でてやると、嬉しそうに尻尾を振る。

ユウキは床に倒れている少女を助け起こした。

白い修道服のようなものを着ている。

近くに落ちている木の枝みたいなものは、杖だった。粗末な荒削りで、柄の部分に「トワノライト支部」と書いてある。彼女の私物ではなく、備品なのだろう。

「うぅ……」

「だ、だいじょぶ？」

うっすらと目を開けた少女の瞳は、綺麗な若草色だ。

結構な美形なんじゃないだろうか。

「ここは……？」

「えぇっと、トワノライトのろじうらで……」

ここはどこって、こっちが聞きたい。

「ろじうら……」

「ああ、私……また……魔力切れを……おぇっ」

「わっ！」

美少女が口からキラキラエフェクトを噴射しはじめた。

といっても、ほとんど何も食べていなかったようなので、吐くに吐けないみたいだ。けっこう辛い状態だろう。

（さっき、髭の人も『魔力切れか空腹』って言ってたな……？）

もらったパンは今のところは出番がなさそうだ。

といっても、魔力切れには何をしてあげたらいいんだろう？

「た、たてますか？」

とりあえず、他の人に助けを求めた方がよさそうだ。

もし立てなかったら……ポチの力を借りれば運べるかもしれない。

ユウキは女の子に手を差し伸べる。

真っ青な顔で、とても申し訳なさそうに手を取ってくれた。

「す、すみませんです……私みたいな、こんなゴミみたいな駄目人間を……たすけてくださって……」

「ご、ごみって」

「あなた様のような子どもにまで迷惑をかけるなんて、これでは聖女の人助けではなくて人の足引っ張り業、いえ、迷惑屋……屋号を名乗るなんて、あまりにも傲慢ですね。やはり、私はゴミです、ゴミ……うぅっ」

「きゅうに、よくしゃべる！」

自虐になった途端に、スイッチが入ったように喋りまくる人だった。

なんか目も据わっているし。

ユウキは少女を助け起こしながら、ちょっと引いた。この子、ちょっと変な人かもしれない。でも、こんなところで行き倒れになっているのは、どうあれ放ってはおけないだろう。

「おねえさん、こっち」

「はい……って、あれ？」

少しでも元気になれ、と思いながら握った手が……なんだか、光っているような。

「な、魔力が……流れ込んで……？」

青白かった少女の顔色がよくなっている。

と、同時に独り言も加速した。

「う、嘘でしょう。他者に魔力を分け与える『治癒者（ヒーラー）』の技能をお持ちで……？　ミュゼオン教団の秘儀ですよ、これ。私なんか入団してから習得まで半年もかかったんです……あ、いや、私などと比べるなんて失礼極まりないですが。わ、私は家のコネと体内に溜められる魔力の量がちょっと多いというだけで拾われたゴミクズですし。それに、見たところあなたは男児……ですよね？」

「いちおう、そうです」

トイレとお風呂で毎日ちゃんと確認はしております。はい。

いつしか少女は、ユウキのことを尊敬の眼差しで見つめている。

「本当にありがとうございます。もう魔力は十分に分けて頂きました！　これでも魔力量だけは一般の方の二倍か三倍はあると言われているのですが……その、こんなに魔力を分けて頂いて、あなた様は大丈夫なのですか？」

「もんだいないです」

実際、何も異変は感じない。

もしかして、普通の人よりも魔力が多いのかもしれない――とユウキは自分の手を見つめた。

転生してくるときに会った、金髪幼女な女神様を思い出す。

色々と特典を付けてくれるって言っていたけれど、やたらとポチに懐かれていることや魔力の量が多いらしいことも、その「特典」なのだろうか。

「なんと……そのようにお小さいのに、すでに大器を備えていらっしゃる！　さぞや高名な一族のご出身なのでは……？」

「いや、ぜんぜん……やまおくからきたので」

「山奥？」

頭上にはてなマークを浮かべている少女を、なんとか表通りに連れ出した。

さっきの騒ぎは沈静化したようだ。

ユウキとポチは、少女に連れられて歩き出す。

なんと御礼をしたらいいか、とすっかり恐縮しきっている少女に道案内をお願いしてみたのだ。

「銅像といえば、おそらくはこの街の礎を築かれたピーター氏の銅像でしょうね。ご案内いたしますよ」

すっかり元気になった少女が、上機嫌に道案内をしてくれる。

「といっても、ここは街の東のはずれで……銅像は中央広場にあるのでかなり歩くのですが」

「ええ……」

それならば、結構時間がかかってしまいそうだ。

ピーターが業を煮やして帰ってしまっていなければいいけれど。

「なるべく、ちかみちをおねがいします。えっと……」

ここにきて、お互いの名前を知らないことを思い出した。

「申し遅れました……サクラでございます。恥ずかしながら家名を賜っている生まれでございまして、サクラ・ハルシオンと申します」

「ユウキです。ユウキ・カンザキ」

「なんと」

サクラが目を見開いて、ユウキを見つめた。

そんなに驚くようなことなのだろうか。

一応、前世の名前をそのまま名乗っただけなのだが。

「カンザキ……様？　申し訳ございません、姓をお持ちだとは。家名を存じ上げず……な、なんという失態！　王国貴族の端くれとして、他の貴族の家名や家格を失念など……我ながら恥ずべき愚者っぷり……」

「いやいや、きぞくじゃないですけど……」

「……？　家名があるということは、貴族なのでは」

「えっ？」

「はい？」

家名があれば貴族。

なるほど、少なくともこの国ではそういうルールになっているらしい。

普通の一般庶民はファーストネームしかない、ということか。

「ええと、その、ユウキカンザキまで、ぜんぶなまえ！　です！」

「なんと！　異国風ですね。それで愛称がユウキ様ですね」

こくこく、と頷くと、なんとか納得してもらえたようだった。

「ご年齢のわりに強大な魔力をお持ちですし、一人旅をされているし、俗世とは一線を画している独特の雰囲気をしておいでですし……てっきり、かなり深いご事情のある方かと思ってしまいました」

「す、すみません……やまおくから、きたので……」

どうにかなれ！……という気持ちで、ユウキは隣を歩くサクラを見上げた。

しょんぼりとした表情で、上目遣いでサクラを見つめる。

「か、かわっ」

途端に、サクラの口元が緩んだ。

ぷにぷにほっぺと、いたいけな少年の威力は絶大だったようだ。

恥ずかしいから、あまりやりたくないけれど。

「……こほん。そ、そうですね。まだお小さいので、世の中のことをご存じなくても仕方ありません……失礼しました」

なんとか誤魔化せたようだ、とほっとしていると。

ぐぅうぅぅう、と切ない音が周囲に響く。音源はサクラの腹部だ。

「おなか、すいたんですか？」

「うっ、申し訳ございません！　お恥ずかしい、役立たずのくせに食欲があるなんて……っ！」

「だれでもおなかはすくよ」

はい、とユウキは紙袋を差し出す。

さきほど、アベルに押しつけられたパンの入った紙袋だ。

ユウキは保存食を持っているし、上手くすれば待ち合わせ相手と合流できる。サクラが食べるほうがいいだろう。

「うぅ、ありがとうございます……っ」

「たりなければ、くだものもあるからね」

オリンピアの持たせてくれた果物だ。

あまり長持ちはしないだろうから、お裾分けしておいた。

自身の身長と同じくらいに大きなリュックを背負ったちびっこが、モフモフの犬をつれて年上の美少女に連れられているという図は、かなり注目を集めている。

とことこ歩いていると、やがて向こうに銅像が見えてきた。

「トワノライトで銅像といえば、あれです。この街を発展させ、魔王時代後にこの地方が発展する礎を築いた『鉱山王』ピーター卿の像です」

おや、とユウキは首をかしげた。

（ピーター……って、どこかで聞いた気がするな？）

「さあ、付きました。あれがピーター卿の銅像です」

サクラが指をさした銅像。

凛々しい顔つきの男性だ。年齢は四十代くらい。

立派な服に身を包み、右手にツルハシを持っていて、左手はよくわからないが斜め前方向を指差している。銅像にありがちなポーズだ。

意外と普通の顔立ちというか、言われなければそんな重要人物には見えない銅像だ。服装と顔つきとポーズと持ち物がすべてちぐはぐで、ちょっとオモシロになってしまっている。

「えっと、まちあわせ……」

ユウキたちがキョロキョロしていると、銅像の前に立っていた男性が片手をあげた。

「やあ、おはようございます」

「えっ」

ユウキは驚いて思わず声をあげた。

和やかに声をかけてくれた男は、銅像そっくりだったのだ。

男の方が少しばかり歳をくっているし服装がラフ……というか麦わら帽子に白シャツというラフさだが、眉毛から鼻から口から、顔のパーツが何もかもがそっくりだ。人懐こそうな、右の口端を持ち上げる笑い方まで完コピである。

もしかして、ファンの人かな？

「やはり君が、ユウキ殿かな？」

英雄完コピおじさんが、ユウキににっこりと微笑みかけてきた。

念のため、きょろきょろとあたりを見回すが、周囲にユウキと同じ背格好の人間はいない。

「やっぱりそうだ。はじめまして、僕はピーター。ルーシー殿から話は聞かせてもらっています、トワノライトへようこそ！」

大きな手を差し伸べられて、思わず握手をした。

片膝をついて、目線を背の低いユウキにあわせてくれている。

「ぴーたー……」

やっぱり、さっきサクラから聞いた名前だ。そして、今日からユウキがお世話になるルーシーの知り合いの名前。

このトワノライトを発展させた張本人で、貴重な鉱石であるエヴァニウムの鉱脈を見つけた偉人だという。

目の前の壮年の男は、とても人がよさそうな笑みを浮かべている。

麦わら帽子とか被ってるし。とても、偉い人には見えない。

サクラが、震える声で叫ぶ。

「な、な、待ち合わせをしている相手って、ピーター卿だったのですかっ⁉」

「……かも」

「な、なんと……っ！」

「おや、そっちのお嬢さんは……木製の素杖(すづえ)に白衣ってことはミュゼオンの見習いさんかな？」

「は、はい。サクラ・ハルシオンです」

「ユウキくんを助けてくださったのか、さすがは将来の聖女様だねぇ！　こちらは少ないですが、喜捨でございます」

ピーターがポケットから取り出したコインを恭しくサクラに差し出した。

「わっ⁉」

ぴき、とサクラは固まってしまった。

受け取ったコインを握りしめたまま、ふるふると震えている。

「サクラさん、だいじょうぶ？」

「だ、だ、大丈夫なわけありません……ピーター卿ですよぉぉっ⁉　ユウキ様、あなた一体何者なのですかっ⁉」

何者と言われてもなぁ、とユウキは思わずポチと顔を見合わせた。

恐縮して赤くなったり青くなったりしているサクラに、ピーターが照れ笑いをする。

「いや、そんな大層な者じゃないんだよ」

「何をおっしゃるのですか、この街を作ったといっても過言ではないです……なんの役にも立たない歪んだ鍋のふたみたいな私が生きていられるのも、このトワノライトが豊かな街だからです……もはや、ピーター卿は私の恩人！　ですっ！」

「そのピーター卿ってのやめておくれよ、照れるって……」

ピーターが、見た目に似合わずモジモジと身体をよじる。

熱弁モードに入ったサクラは止まらなかった。

「そもそもトワノライトは、もとは草木も生えない不毛の地と呼ばれていた場所……その原因究明に乗り出したのが、最強と名高いかの救国の英雄グラナダスの隊に属していたピーター卿です。当時は下働きとして隊を支え、魔王撃破後にグラナダス隊が解体となった後も、瘴気放出によって衰えた国力復興のために尽力されたとか！　そして、この場所に古代精霊の力を蓄えた貴重な鉱物エヴァニウムが大量に埋まっていることを突き止めたのです！」

饒舌（じょうぜつ）だ。もはやミュージカルのノリである。

いつの間にか近くに人だかりができている。

ピーターは麦わら帽子を目深に被って、そっと顔を隠した。

気配をすぅっと消すと、ピーターはあっという間に集まってきた人々の中に紛れてしまう。

誰も、今サクラが大演説しているトワノライトの英雄が彼だとは思わないだろう。

「こうして『鉱山卿』ピーターにより、トワノライトの街が大発展しただけではなく、人類の発展にも大きく貢献しています。精霊の力が大きく弱まってしまった瘴気放出以降の世界において、精霊石エヴァニウムの鉱脈が発見されなければ文明は衰退していたに違いありません——ピーター卿こそ、偉大なる伝説のひとりなのですっ！」

大演説が終わると、集まってきた聴衆から拍手が漏れた。

小さなコインがぽいぽいと投げ込まれる。

コインがこつんとおでこに当たったサクラが、我に返って顔を赤らめる。

「はっ！　こ、これは見世物ではございません……」

「えっと、俺も……一応追加で渡しておくねぇ……」

ピーターもゆで蛸のように赤くなってしまっている。

コインを手渡されたサクラが、ぴたっと動きを止める。

「……ありがとうございます」

震える声で、サクラは頭を下げた。

なんだかそれがあまりに切実で、ユウキは首をかしげた。

ピーターが穏やかな声色で言った。

「見習いさんということは、教団への上納金なんかも大変でしょう」

「は、はい……私、恥ずかしいことなのですが、こんなにたくさんの喜捨をいただいたこと、なくて……ダメなゴミなので、ずっと実家から持ち出した色々な物を売って、司祭様にノルマを……」

そこまで言って、サクラはハッと口をつぐんだ。

「すみません、こちらの事情を……」

「いえ、聖女見習い様に精霊のご加護のあらんことを」

「……ありがとうございます、ピーター卿。ああ……それにしても、まさか、ピーター卿から喜捨をいただけるなんて……今も市井に紛れて暮らしていらっしゃるとは聞いていましたが……気取らないお人柄、偉ぶらないご人徳。想像を遙かに超える方でした」

くるり、とサクラはユウキに向き合った。

「それから、ユウキ様も。助けてくださって、ありがとうございます。その……ユウキ様のご身分は内密にいたしますので」

「みぶん？」

「その……やはり、高貴なお方とお見受けいたしましたのでっ」

何か勘違いがあるようだけれど……変に訂正すると、余計にそれらしく感じさせてしまうかもしれない。今は黙っておこう。

「ううん、こちらこそっ！　あんないしてくれて、ありがとう」

「わうっ！」

とりあえず、ユウキはピースサインをしてみせる。

なんだか大変そうなので、「がんばれ」の気持ちと「いけるよ」の気持ちを込めて。サクラは不思議そうにユウキを見つめる。

「……？　それは何かの呪いですか」

「のろいじゃないよ⁉」

「そうでしたか、ハンドサインで呪術を行う流派もいると聞いたので」

「えっと、ぼくのこきょうの、げんきになる……おいのり？です」

「なるほど！」

サクラは、見よう見まねでピースしてみせた。

「こう、でしょうか」

はにかんだ微笑みが、とても可愛らしかった。

それではまた、と手を振るサクラを見送ると、ピーターがひょいっとユウキを抱き上げてくれた。

「よいしょ、失礼」

「わっ」

「迷子になってはいけないですから」

正直、とても助かる。

自分で歩けるとはいえ、昼近くになって行き交う人も多くなってきたので、ユウキの背丈ではすぐに人混みに紛れてピーターを見失ってしまう。

「では、ユウキ殿。行きましょうか」

「はいっ」

ピーターに抱っこされて歩く。

ポチはすんすんと鼻を鳴らしながらピーターの足元をくるくると回ると、尻尾を振ってピーターのあとをぴたりとついてきた。

ユウキ以外には懐かないポチが友好的な態度を示している。

もうひとつ、不思議なことに気がついた。

「だれも、ピーターさんのことをみない……？」

サクラの様子を見るに、ピーターはかなりの有名人のはずだ。

それが誰ひとりとして、ユウキを抱いて歩いているピーターに気がつかない……まるで、本当に「見えていない」ようだ。

(師匠が魔獣から姿を隠してるときみたいな……)

ルーシーが意図的に自分の気配を消しているときに、すぐ鼻先を歩いていた魔獣がルーシーに気がつかないという光景を見たことがある。

まさしく、あの時と同じ現象だ。

「あれ、ユウキ殿は気づいていらっしゃるのか。さすがは異世界からの旅人だな……昔から、悪目立ちしないのだけが取り柄でね。魔王を倒す英雄の旅に同行しただなんて言われているけど、粛々と買い出しやら宿の手配やらしてたのが俺なんだ」

英雄グラナダスと共に旅していた。

やはり、この世界のオトナというのはすさまじい。

ユウキは身を引き締めた。

◆

さて。

時間は少し巻き戻る。

口ひげの小男、アベルはリュックが歩いているような後ろ姿を見送って、溜息をついた。

「あの坊主と犬……何者なんだ？」

彼の名はアベルという。

いや、正確には「彼女」だ。

どっかりと腰を下ろして、アベルは目深に被っていたフードを払う。ぺりぺりと口ひげを剥がすと、上背の小さな口ひげの男の顔の下から疲れ果てた女の顔が現れる。

フードと前髪に隠れていた右目は、わずかに白濁している。

アベルの瞳は特別製で、見るだけで他人の能力を見極めることができる。

色々とあって、盗賊まがいのことを生業としている。

いま、つるんでいるスティンキーとマイティも、場末で埋もれていた彼らのスキルを見込んで仲間に引き入れた。富める者から、少しばかり分け前をもらって貧者に再分配する――それがアベルのやりかただ。

だが、マイティの乱暴には困ったものだ。

彼の腕力はたいしたものだが、やや虚栄心とプライドが高いのが玉に瑕(きず)だ。

スティンキーの「潜伏」や「手先」の才能と気弱ではあるが善良な性格のほうが、マイティの乱暴に潰されてしまわないだろうか……というのは、余計なお世話かもしれないが。

いや、今はあのユウキとかいう子どもと犬だ。

「ただの子どもにしては、めちゃくちゃな量の魔力を持っていた……それも、人間の魔力じゃないぞ、あれは」

アベルの白濁した瞳は、視力を失っているかわりに「見えないもの」を見ることができる。

たとえば、ユウキが連れている犬がただの犬ではなく——かなり強大な魔獣の類いであること、とか。

そんな魔獣が小さい子どもに懐いているのは、アベルが見たことのないレベルの未知の才能によるものだ。

万能翻訳魔法、テイム、それに——。

「……面倒事にならないといいけどなぁ」

人の才能を「見る」、というのは特殊技能だ。

本来であれば、ミュゼオン教団や王国が所持する秘宝によって可能になるとか、ならないとか。アベルはそんな「眼」を持っているがために、今までそれ相応の危険な目にあってきた。

だからこそ、人と違う力を持つことの面倒さを、わかっているつもりだ。

「力なんて、自分のために使うくらいでちょうどいいのにな」

自分がまだ年端も行かぬチビのくせに、見ず知らずの行き倒れを、当たり前のように助けようとしていたユウキを思い出して、アベルは小さく舌打ちをした。

七、ピーターのお手伝い屋さん

「いがいと、ふつうのうちだ」

やってきたのは、トワノライトのはずれにある住宅街だった。

豪邸がちらほらと見受けられる中に、こぢんまりとした家があった。

赤いお屋根がキュートなその家は、トワノライトの中心地で見かけたような店舗と家が一体化しているタイプの住居だ。

家自体は三階建てのようで、暮らすにあたって手狭ということはなさそうだ。

「いやあ、なんというか……大きな家というのも落ち着かないし、分不相応な気がして」

「けんきょっ！」

街の礎を作った人が、こんな普通の家に暮らし続けているとは……好感度が高いにも程がある。

ユウキはピーターの家の玄関先にかかっている小さな看板を読み上げた。

「ピーターの、おてつだいやさん」

おお、読める。やっぱり文字が読める。ユウキは感動した。

ルーシーからもオリンピアからも、読み書きは教わっていない。

（翻訳機が挟まってるみたいだ……日本語みたいに読める）

あの金髪ロリ女神様、やるじゃないか。

これはどう考えても、例の「お得な特典」だろう。

――ふふん。特典っていうか、ただのスターターセットだから⁉

なんて、遠くからもはや懐かしい生意気ボイスが聞こえた気がしたけれど、ユウキは聞こえないふりをした。幻聴とか、怖いし。

「おてつだいやさん……」

もう一度、声に出して読んでみる。

なんというか、やっぱり変な商売だ。

何でも屋さん的なことなのだろうか。

「鉱山とエヴァニウムの売買を管理する手間賃で生活には不自由しないくらいのお金をもらっているので……街の困り事を解決する手伝いをしたいと思って細々と仕事していたら、こういうことに」

「なるほど？」

つまり、趣味が人助け。

つくづく、徳の高い人らしい。

「どんなおしごとなの？」

「うーん……屋根の修理とか、夫婦喧嘩の仲裁とか、鉱山の観光案内とか、作りすぎた塩漬け魚を食べたりとか……とにかく、誰かの手伝いだったら何でもするよ」

「ほんとになんでも、なんだ」

ピーターに招き入れられて、ダイニングの椅子に腰を下ろす。

椅子が高くて届かなかったけれど、さりげなくポチが助けてくれて無事に座ることができた。

やっと大荷物を降ろすことができて、ホッとする。

ルーシーの教え通り荷物はほとんど肌身離さずに背負い続けていたので、さすがにくたびれてしまった。肩に痛みがないのが信じられないくらいだ。擦り傷も切り傷も一瞬で直せる回復力のたまものだろうか。

「さてさて、長旅ご苦労様。ユウキ殿」

ユウキは一息を付くと、ぺこりと頭を下げた。

「おせわになります、ピーターさん」

「こちらこそ、ご逗留(とうりゅう)まことに光栄です」

ピーターがにかっと笑った。

綺麗に生えそろった白い前歯が眩しい。

優しげで地味な見た目に騙されそうになるが、この人、イケオジだ――ユウキは悟った。

ルーシーの人脈はどうなっているのか。

「ピーターさんはししょうのおともだち、なんですよね？」

「たいちょ……じゃなかった、あのルーシー殿が『自分だけでは手に余る』なんて言い出したのは驚きましたが、案外と普通のお子さんでホッとしてます」

「て、てにあまる？」

「おっと、聞いていなかったですか？　師匠として教えられることは教えたが、山奥にはいかんせん魔獣とオリンピア以外がいないのでこれ以上は教えられない……と。それでルーシー殿の生家の家訓に従って、可愛い子に旅をさせることにした――と」

「も、もちあげすぎっ！」

「しかも、別世界からの旅人（まれびと）さんだとか……自分にはよくわからないのですが、只者（ただもの）ではないのでしょう」

それにしても、「可愛い子」って。

（色々と考えてくれてたんだ……ちょっと、厄介払いかと思っちゃって悪かったな）

なんというか我が師匠ながら、感情表現がわかりにくい人だ。

その時、誰かがパタパタと階段を降りてくる気配がした。

途中、ドタンッという明らかにずっこけた音がしたのは聞かなかったフリをするのがマナーであろう。

ドアが開くと、色白の肌に散るそばかすがチャーミングな女性がダイニングに飛び込んできた。ゆるい三つ編みにまとめている髪のところどころがほつれていたり、前髪がぴょんっと跳ねていたりと、見るからに寝起きといった様子である。

　年の頃は二十才前後だろうか。

　来客中の登場シーンとしては無礼千万にもかかわらず、何故か憎めない雰囲気の人だ。

　アワアワと慌てふためいている。

「おはよぉっ！　な、なんで起こしてくれないの、お父さんっ」

「いつも起こしたって起きないじゃないか」

「だからって……今日はお客様もいらっしゃるのに！」

　しょぼん、と肩を落とした彼女は今、ピーターを「お父さん」と呼んだ気がする。つまり、ロジカルにはじき出される結論として——。

「あ、ご紹介します。こちらは娘のアキノ」

「はじめまして。アキノよ……って、あなたが噂のお客様？」

　ぱちぱち、とアキノは目を瞬かせる。

　さきほどまでは半開きだった目がやっと開いたという感じだ。

「はい、きょうからおせわになりますっ。ユウキです」

「ユウキね、よろしく！　てっきりイカつい男の人が来るのかと思ってたら……おちびちゃんなのね？　かわいい〜っ」

「わふっ」

「そっちのわんこも一緒かしら？　客間は好きに使ってね、あとで案内するわ……って、お父さん！」

「ん？」

「ん？　じゃないわよ、お客様にお茶も出さないなんて」

そういえば、テーブルの上には何も載っていない。

「あっ！　ごめん、うっかり忘れてた」

「もう、気が利かないんだから……」

「すまん」

「いいわ。父さんは片付け係だもんね。すぐに淹れるから待ってて。それとも、ミルクがいいかしら」

アキノは手際よくお茶の準備を進める。

ハーブティーの匂いがする。お茶っ葉はあまり一般的ではないのだろうか。

ミルクは遠慮しておいた――赤ちゃんといえばミルクというオリンピアの思い込みにより三才になる直前くらいまで、毎日ルーシーが仕入れてきたミルクをお腹がたぷたぷになるまで飲まされていたのだ。あと数年は飲みたくない。

「じゃあ、座ってお待ちくださいな」

キッチンには見たことのない道具が置かれている。

（なんだろう、あれ）

妙な模様の刻まれたポットに水を入れると、アキノは何やらホットプレートのような道具を操作した。

途端に、ポットの模様がが光り始める。

少しすると、ポットから湯気が噴き出した。

炎もあがらなかったのに……まるでＩＨヒーターだ。

「わっ、すごい」

「これがエヴァニウム鉱石を使った魔道具よ。ポットの中にエヴァニウムを加工した部品が入っていて、こっちの板と模様を合わせると起動する。あちこちの工房から色々と試作品が送られてくるから、ありがたく使っているの」

この世界にはこういう道具があるのか……とユウキは感嘆した。

ピーターがアキノの淹れたお茶をテーブルに運んでくれる。爽やかな香りが鼻をくすぐる。

もう片手には深皿にミルクが入ったものを持っているが、そちらはポチ用のものだった。

ふんふんと鼻を鳴らして、ポチも美味そうにミルクを飲み始める。

「とてもべんりですね」

「まだまだ、この街の一部でしか出回っていないんだけどね」

「その……エヴァニウムって、どんなこーせきなんですか？」

貴重な燃料だというのはわかったけれど。

聞くは一時の恥、聞かぬは一生の恥。

まだ六才なのだから、わからないことはなんでも尋ねておこう……とユウキは質問してみた。

アキノが一瞬、虚を突かれたように瞬きをしてから、ふふっと吹き出した。

「トワノライトに生まれ育った身からすると新鮮な質問かも。この街ではエヴァニウムは身近にあって当然のものだから」

「そうなんだ」

「精霊石エヴァニウム……簡単に言えば、大昔の精霊様たちの力が溜め込まれて結晶になった石なの。トワノライトで採取できるエヴァニウムには、光や火の精霊様の力が多く含まれているのよ」

「そのかわり、力を引き出すのに専用の機構が必要だし、精製をするなどの手間がかかるんだ」

父娘の説明に、ユウキはふむふむと頷く。

なるほど、化石燃料のようなものらしい。

「魔王時代以前は、瘴気じゃなくて精霊様の力が大気中にたくさんあったらしいから、わざわざ手間暇をかけてエヴァニウムを使う必要はなかったんだけど……今は精霊様の力がどんどん弱まっているから、エヴァニウムは人間にとって福音なのよ」

「むかしは、エヴァニウムがなくても火をだせたりしたの？」

「ええ。精霊術とか魔術とかって呼ばれてた技術よ」

「体内に魔力を大量に蓄えている人以外は、今は使えなくなってしまったけれどね……昔は待機中の精霊の力を使って、多くの人が魔術を使っていたよ」

「ふぅん」

ということは、そのエヴァニウムが大量に採掘される鉱脈を見つけて、それを発展させてきたピーターは本当に人間全体にとっても英雄なのでは。

とてもすごい人だ。

「ぼく、やまおくでそだったから、なにもしらなくて」

教えてくれてありがとう、とぺこりと頭を下げる。

ピーターがにかっと笑った。

「まあまあ、そんなにかしこまらないで。知らないことはこれから知っていけばいいし、そのために君にトワノライトに滞在してもらうのですから」

「はいっ」

ポチが大あくびをしながら、ユウキたちのやりとりを眺めている。

早朝の馬車でこの街に着いてから、色々とあってもう午後だ。

……そう考えると、アキノはかなりの寝坊癖があるようだ。

「さて、部屋は三階にある客間を使ってくれ。アキノ、ユウキ殿をご案内してくれるかい？」

「はい、お父さん」

「よろしくおねがいします」

「……ああ、その前に」

ピーターがユウキを呼び止める。

そして、ぽつりと。けれど、意を決したように尋ねた。

「その……ルーシー殿とオリンピア殿は山で元気にやっていましたか。俺はあそこまで行くことはできないから」

「はい、とてもげんきだし……ふたりとも、仲良しですよ」

たまに見ているユウキのほうが照れるくらいに無意識にイチャイチャしていることもあるし。

それを聞いたピーターはクシャリと破顔した。

「そうか。なら、よかった……ユウキ殿が繋いでくれた縁ですね」

「……？」

「あの二人、お互いに少し頑固なところがあるので……お互いが唯一無二の存在なのに、ほとんど交流がなくなっていたので」

「えっ？」

「心配していたんです。だから、ユウキ殿の存在のおかげでお互いが素直になったのかも。

ルーシー殿もあの歳で子を育てることになるとは、とか言っていましたが……見たことないくらいに穏やかな表情をしてね、俺も嬉しかったんだ」

ビックリだ。

いつでも仲良く喧嘩している二人だから、まさか自分がやってくる以前に気まずい状態があったとは。

「ありがとうございます、ユウキ殿」

（わからないものだなぁ……というか、何もしてないのに感謝されちゃった）

なんだか、照れくさいというか、気まずいというか。

でも、気持ちだけはありがたく受け取っておこう。

「もう、お父さんはすーぐルーシーさんたちの話をするんだから。昔話ばっかりするのって、老害のはじまりなのよ？」

「うわ、手厳しいなぁ。うちの愛娘は！」

くすくすと笑いあう父子である。

母親の影が家の中にはないのだけれど、色々と事情はあるのだろうし尋ねないでおこう。

「さあ、改めてユウキ殿の部屋を……って、おや」

からん、ころん。

……からららん。

ドアベルが鳴った音が響いた。

「お客さんのようだね」

「お茶の追加を淹れないとね……ごめん、ユウキさん。少し待っててね」

アキノが立ち上がった瞬間に、ドアが開いて憔悴（しょうすい）した様子の男が入ってきた。

「す、すみません！　お手伝いをお願いします」

このダイニングは応接間も兼ねているらしい。

お客は――「ピーターのお手伝い屋さん」に助けを求めにきたお客さんだった。

◆

ちょこん、とダイニングテーブルに座って、ユウキはお茶を一口飲んだ。

（う、薄いし苦い……）

ハーブティーらしきお茶は、あまり美味しくなかった。

匂いが爽やかだったので、期待をしていたのだけれど……この世界の食べ物は、なかなかハードな味付けが多い。というか、基本的に味が薄いのだ。

突然の来客で、ユウキもなりゆきで同席することになってしまったが、完全に部外者である。

大丈夫なのだろうか。

ソワソワしてしまうが、これからピーターの手伝いをしながら暮らしていくのである。

（習うより慣れろ、だっけ）

同じ言葉を初めてのアルバイト先で、ろくな研修もなく現場に放り込まれたときに上司に言われたことがある。当時はずいぶん横暴なことを言う人がいるものだと思ったものだけれど、一理くらいはあるのだと今ならわかる。

「すみません……困り果てていたら、お手伝い屋さんならどうにかしてくれるんじゃないかって知り合いに聞いて。相談だけでも……いいでしょうか……」

依頼人はヒルクと名乗った。

家を貸して生活をしているらしい。

いわゆる、大家さんというところだろう。

身なりのいい痩せた男性で、形のいい口ひげを持っている。

年齢はアキノさんよりも少し年上といったところだろうか。

飛び込んできたときにはとても混乱した様子だったけれど、アキノの淹れたハーブティーを飲んでいるうちに、少し落ち着いてきた様子。

「ご相談というのは？」

柔らかい声でピーターがヒルクに尋ねる。

とても安心感のある声だが……とても腰が低くて、やっぱり「すごい人」には見えないのが、ピーターのすごいところだ。

ユウキは話の邪魔をしないようにと、黙って耳を傾けた。

ポチはといえば、ふんふんと鼻を鳴らしながらヒルクの周辺をうろうろしている。何か気になることがあるのだろうか。

「それが……お恥ずかしい話なのですが、私が管理している屋敷のうち一件が『瘴気溜まり』になってしまいまして」

「しょーきだまり……？」

また知らない単語だ。

瘴気というのは、魔王が倒された際に世界中に広まってしまったという、生物にマイナスの力を及ぼすエネルギーのはず。

「はい……西地区にある大きな屋敷を貸し出していたのですが、前の借主が夜逃げしてしまいまして……バタバタしていて、清掃をすっかり忘れていたのです」

「あら、西地区ってことは平原からの瘴気が流れ込みやすいですね」

アキノが表情を曇らせた。

「はい。自分としたことが、気が緩んでいて……気がついたときには屋敷はすっかり瘴気溜まりになっていて、魔獣が入り込んだり、家具のうちいくつかはすでに魔物化してしまいました」

「それは大変だ」

「うぅ……念のため、騎士団の支部にも申し入れをしました……ですが、もうこのようになっては瘴気祓いには手間がかかりすぎると。屋敷ごと破棄するしかないと言われてしまって……」

破棄というのは、ようするに屋敷ごと燃やしてしまう処置らしい。

乱暴だけれど、手っ取り早そうだ。

アキノがヒルクに質問を続ける。

「汚染物件の破棄なら、費用は騎士団持ちでやってくれますよね？」

「そうなのですが……実は、その屋敷というのが私が生まれ育った家でして」

心底申し訳なさそうに言って、ヒルクが肩を落とす。

「父が残してくれた屋敷なのです。思い入れがありまして」

「思い入れがあったのに、手入れを後回しにしたんですか？」

「うっ……はい、まあ、そうです」

ヒルクはすっかりうなだれてしまった。何か事情がありそうだ。

それにしても、アキノは切れ味鋭すぎる。見た目に反してかなりズバッといく人だということがわかった。

「夜逃げしたという前の借主というのは、どなたなんですか？」

「それは……別れた女房です……」

「えっ、ヒルクさんの生まれた家なのに別れた奥さんが？」

「元はあいつの浮気が原因での別れ話だったのですが……頭と口の回る人だったもので……何故か自分が追い出されて……」

うわあ、とユウキは頭を抱えた。

ヒルクさんは、とんでもなく気が弱い人なのだろう。

ユウキにも似たような思い出がある。

人生で初めてできた彼女らしき人物が、何故かユウキの家に転がり込んできたことがある。数ヶ月後、あっさりと新しい男を作った彼女はユウキを捨てて出て行ったのだが、その間に買ったゲームハードやら家電やらを何故か「財産分与」だとかいう名目で持っていってしまったのだ。相手にも事情があるのだろうと何も言わなかったし、揉めるようなこともなかったけれど——。

（他人事とは思えない……というか、忘れていた黒歴史が……）

どんよりとした空気を察したのか、ポチが「わん！」とひとつ吠えた。

犬は偉大だ。ひと吠えで場の空気を変えてくれる。

どんよりと沈んでいた空気が、なんとなくリセットされた。

「あちこちに借金を作って、夜逃げしたそうで……。でも、あいつが生活をしていた場所だと思うと、どうしても足がむかなくて……放置していたらこんなことに……」

「ははは、まぁ。そんなこともあるでしょう」

ピーターがどんどん落ち込んでいくヒルクを笑い飛ばした。

もちろん、ヒルク本人からしたら笑いごとではないだろうが、不思議と心が晴れやかになる笑い声だ。

「お願いします、もう自分の手に負えない状況になってしまいました！　あの家を元通りにしたいのです……っ！」

涙ぐむヒルクに、ピーターは大きく頷いた。

「任せてください。何でもお手伝いするのが、うちの誇りですよ」

「ありがとうございます……っ」

「とはいえ、今は仕事をほとんど娘に任せています」

ピーターに話を振られて、アキノがぐっと胸を張る。

この仕事はアキノにとっても誇りなのだろう。

「お父さん、ヒルクさんのお手伝い、急いだ方がいいんじゃないかしら」

「うん、瘴気溜まりの清掃なら早いほうが仕事も楽に済むだろうからねぇ。それに……」

ピーターがユウキに視線をむける。

ぱちん、と目が合った。

「ユウキ殿もご同行いただくなら、安心ですからね」

「たしかに。お手並み拝見ね！」

「えっ」

いやいやいや、逆に安心できないのでは。むしろ世間知らずの六才児が同行しても大丈夫なのだろうか。

ユウキが戸惑っていると、アキノが依頼人を安心させるかのように自信満々に微笑んだ。

「では、すぐにでも着手します。ヒルクさん、手続きはあちらの事務所で行います。詳細の聞き取りも一緒にさせてくださいね」

「は、はい！」

途端に、ヒルクがほっとした表情になった。

「よかった……実は、騎士団の支部以外にも色々なツテに相談したのですが……やんわりと断られてしまっていて、諦めかけていたのです」

「危険だし手間がかかりますからね、瘴気溜まりの清掃は」

聞いてしまった——危険だし、手間がかかる。

そんな仕事、同行して大丈夫なのかしら。

（……まあ、困ってる人を助けてお金が稼げる。これが師匠の言う「修行」なんだとしたら、まずはやってみよう。ポチもいるし）

アキノに連れられてダイニングから出て行こうとしていたヒルクが立ち止まって、お茶を片付けようとしているピーターに振り返った。

「あの……ピーターさん？」

「はい、なんです」

「不躾（ぶしつけ）な質問なのですが……ピーターさんが、あの鉱山卿だという噂って、本当ですか。その、たしかにお顔立ちが銅像に似ている気がしますが」

ぴたり、と全員の動きが止まる。

銅像の前にいるときには、たしかに似ている気がしたけれど……あの凛々しい表情からは想像できない、にこにこと笑うピーターは、まさかこの街を建てた英雄だとは思えない。

正直、ユウキだっていまだに半信半疑である。

質問を受けてキョトンとしていたピーターは、ニコッと笑って見せる。

「あっははは、さあ。どうだろうね？」

「はは……そうですよね、変なことを聞いてすみません」

ピーターがはぐらかしたのを、やんわりとした否定と受け取ったのか。ヒルクはバツが悪そうな照れ笑いを浮かべてダイニングをあとにした。

「……ということで、ユウキ殿。俺が部屋に案内します。荷解きをしたら少し休んで。日が暮れたら、ヒルクさんの屋敷に現地偵察に行きますよ」

「ひがくれたら？」

「魔は夜に蠢（うごめ）く」

何かの諺らしく、ピーターは少し芝居がかって言った。

要するに、日が落ちてからのほうが被害状況がよくわかるっていうことだ。

（い、いきなりの現場かぁ……）

と緊張したところで、大きなあくびが出てしまった。

馬車の中でも図太く熟睡したとはいえ、長距離の移動から立て続けに色々とあった一日だった。

ちょっと、昼寝が必要だった。

八、おばけ屋敷はゴミ屋敷

ヒルク氏の生家だという屋敷は、トワノライトの西の端にあった。

トワノライトの街は大きく三つの地区に分かれている。

北側は厳重に警備されている鉱山区域である。北側にそびえる山に掘削された鉱道こそが精霊石エヴァニウムの原石が採掘される、トワノライトの生命線だ。

東側は商業地域と出稼ぎの労働者たちが住む区域だ。出稼ぎの労働者たちは、この鉱山区域と東側の宿場町を往復する毎日を送っている。

そして、西側がトワノライトの旧市街である。ピーターが鉱脈を発見する前からトワノライトに住んでいた人々と、鉱山の採掘がはじまった当初に尽力した功労者たち……要するにこのトワノライトにおいてある一定以上の地位や財産を有している者たちの居住区だ。

この北・東・西の三区域の境目にある広場にピーターの銅像がある。

「ここね、現場は」

地図と屋敷を何度か見比べて、アキノが大きく頷いた。

アキノに連れられて、ユウキとポチは現場の確認にやってきた。

「しょうきだまり……って、めにはみえないんだ」

「見えるほどの瘴気が溜まっていたら、私たちも無事では済みませんよ」

「そうなんだ」

「はい。街の西側は地形的に瘴気が溜まりやすいのです……風通しが悪かったり、閉め切ったりする場所から、瘴気溜まりになります」

「じゃあ、あきやって……」

「はい、空き家に限らず、家は定期的に清掃しないと気がつかない間に瘴気溜まりになってしまいます」

「そうじしなかっただけでっ！」

ユウキはじっと屋敷の外観を観察してみる。

屋敷にはウネウネと蠢くツタが絡まっていて、周囲にどんよりとした空気が渦巻いている。

（うわあ……これは……）

完全に空気が淀んでいる。

これほどに淀んだ空気は、ユウキが務めていた会社の超繁忙期を前に社員が一人音信不通になり、そのまま退職した……という知らせが人事部から流れてきたとき以来だろうか。

葬式以上に葬式みたいな空気というやつである。

「あれ？　誰かが出てきた」

アキノが訝しげに呟いた。

目をこらすと、屋敷の裏口から何人かの人影が出てきて、破れた塀から外に這い出していった。

三人か、四人くらいの集団。なにか焦っている感だ。

「もしかして、どろぼう？」

「いいえ、あのシルエットは……ミュゼオン教団の者でしょう」

そういえば、ヒルクはミュゼオン教団にも相談をしたと言っていた。

「でも、とりあってもらえなかったって」

「盗み聞きをしていた下級聖女あたりが、点数稼ぎに来たんじゃないかなー」

「そういうのがあるの？」

「教団のノルマは高利貸しどころじゃないから。魔物化した家財でも捕まえて売れば、上納金の足しになるだろうし」

アキノの口ぶりからすると、彼女はあまりミュゼオン教団とやらを快く思ってはいないようだ。

古びた門をくぐると、庭がある。

手入れをされていた頃には、ちょっとした庭園みたいになっていたのかもしれないけれど、見る影もない。

というか……風もないのに、枯れ草がウゾウゾと動いている。

ユウキは頭の中をひっくり返す。

修行の一環として、『この世界でよく見る魔獣や魔物』をルーシーから教えてもらっていたのだ。

「あれ、ゾンビソウだ」

枯れ草に擬態して吸血する、やっかいなやつだ。

よく見ると、枯れ草の先端が手のように変形してゆらゆらと獲物をまっている。あれで獲物の足をとって、立ち止まったり転倒したりしたところを棘で突き刺して血を吸うのだ。

殺されることはないが、足をやられるのでやっかいだと言っていた。

(俺の背丈だと、首をざっくりいかれるかも……)

ぞわわ、とユウキの背筋が震える。

六才児に迫る危機!

アキノはきっとこういう事態にも慣れているだろうから心配いらないだろうが、念のため先に駆除しておこう。

「よ、よし……」

ルーシーからもらったナイフを、ぎゅっと握りしめる。

ゾンビソウの本体は根っこだ。全滅させるためには、土に対してアプローチしなくてはいけない。専用の瘴気除去剤を撒く必要があるらしい。いわゆる、除草剤みたいなものだ。

（無力化だけなら、根っこに近いところから刈りとるだけでヨシ！）

腰を落として、手早くゾンビソウの根元近くにナイフを入れていく。

ザクザク、という手応えが気持ちいい。

寒冷地である山奥にも、ゾンビソウの亜種であるゾンビツララという魔物が発生することがあった。真下に獲物がやってきた瞬間にとがったつららを落下させてくるという、死に直結するトラップを繰り出してくる危険な植物型魔獣だった。

それに比べれば、まだ気楽だ。

「よっ、ほっ！」

順調だ。身長が小さいユウキは、地面に近いところへのアプローチは師匠のルーシーよりも得意である。といっても、本気になったルーシーはたった一撃地面をぶん殴るか斬りつけるかするだけで、地面ごと根こそぎ殲滅（せんめつ）するのだけれど。

「え？　ちょ、ユウキ!?」

ゾンビソウをあらかた切り倒したところで、アキノの叫び声に振り返る。

「あえっ」

「素手じゃ危ないわよ……というか、瘴気酔いは大丈夫!?」

「しょうき、よい」

よく見ると、アキノは三角巾で口元を隠していた。

埃を吸い込まないようにする、お掃除特化スタイルだ。

「もしかして瘴気酔いを知らない……？」

「ご、ごめんなさい。しらない」

「瘴気の濃いところを歩いていて気持ち悪くなったことは？」

「な、ないです」

「嘘でしょ？　聞いてた以上にすごいわね……っ！　こんな小さくて可愛いのに」

可愛いのは関係ないでしょうに、とユウキは思った。

というか、瘴気渦巻く魔の山を走り回りながら育ってきたのだ。

経験していてもよさそうだけれど……やはり、ルーシーの特訓でヘロヘロになったことはあれど、それ以外で気持ち悪くなったことはないかも。

「というか、素手でゾンビソウを刈るとか……最悪、死ぬ人もいるわよ⁉」

「えっ」

ルーシーは「命に別状がないタイプの魔物」と言っていたけれど。

ユウキが絶句していると、アキノはユウキを頭の上から足の先まで嘗め回すようにチェックすると、ほっと胸をなで下ろした。

「とりあえず、怪我はないようね……というか、瘴気酔いを知らないとは……ユウキくらいの年齢だと、これくらいの瘴気でも倒れたり、鼻血を出したり……予防や浄化のための聖水代も馬鹿にならないのよ……うっぷ、気持ち悪くなってきた」

アキノの顔色が悪くなってきたような気がする。

「せーすい？」

「精霊聖水……精霊様の力が宿った水ね。昨今は聖水もかなり手に入りにくくなっているし、高くなっているし……」

「つまり、せーすいをのむと……しょうきにつよくなる？　あー……」

それならば、思い当たる節がある。

オリンピアの結界の中で過ごしていた毎日で使っていた水だ。

飲み水も料理に使う水も、風呂もトイレも顔を洗うのも、すべて泉の水を使っていた——精霊オリンピアの祝福をうけた結界に守られた、精霊の泉だ。

生活用水に、そんな貴重なものをつかっていたとは。

「とりあえず、念のため清掃の際には瘴気を吸い込まないように……って、先に注意すればよかったわね」

「は、はぁい」

アキノに身なりを整えてもらって、館の中に向かう。

ポチも念のためにスカーフを口元に巻いてもらって誇らしそうにしている。

（まあ、ポチは魔獣なんだから大丈夫だろうけど）

むしろ、瘴気がある場所の方が元気なのではないだろうか。

屋敷の扉を開けると、中から禍々しい空気が流れ出てきた。

エヴァニウムを使った灯火だという懐中電灯のようなもので中を照らした。埃だらけで、淀んだ空気が渦巻いている。

瘴気が溜まっていないとしても、かなり酷い状態だ。

「うえっ」

アキノがごほごほと咳き込んだ。

瘴気にあてられたのだろう。

（う……全然、なんともない……）

なんとなく気まずい気持ちになって、瘴気にテンションが上がってしまったのか、楽しそうに駆け回っているポチを追いかけるフリをした。

「危なくなったら、すぐに離脱しますよ～。本日は被害状況の確認がメイン業務だから、ムリはしない」

「はいっ」

「清掃作業は昼間にやるから、特に瘴気が溜まっている部分がどこかメモをとっておくっと……」

アキノが特徴的なデザインのメガネをかける。

瘴気を可視化する、特別な道具なのだとか。これもエヴァニウムの成分を利用しているというから、驚きだ。

「瘴気が見えるようになるだけで、魔獣や魔物の存在自体がわかるわけではないので気をつけて進みます」

「は、はい……」

「ん？　どうしたの、ユウキ。何か？」

「な、なんでもない」

ユウキは咳払いをした。

（なんか……変なデザインの面白サングラスみたいで……笑っちゃダメっておもうと……ぷふっ）

至って真面目な表情のアキノから、ユウキはそっと目をそらした。

夜中になると入り込んだ魔獣の数や瘴気によって魔物化してしまった家具が活発になるため被害状況がよくわかるのだそうだ。

魔は夜に蠢く。

なるほど、理に適っている諺だ。

ユウキは屋敷の中を歩きながら、目に付いた魔獣を指さしていく。

「あ、あそこに吸血バット……チャバネミタマカブリとショウフグモとカミキリグモと……」

「え、どこ？」

「ほら、あそこ」

「ほんとだ！　よくわかるわね……魔獣はまだ虫型くらいしかいないのが救いだけど、とにかく家具や調度品が多いので、魔物化するとやっかいね」

瘴気によって生態が変化してしまった動植物を「魔獣」、無機物が変質してしまった状態を「魔物」というらしい。

ヒルクの屋敷は、魔物のほうが多いようだ。

（うーん、魔物って詳しくないんだよな）

山にいたのは主に魔獣だ。一般的には魔物よりも魔獣のほうが手強く危険な存在とされているのだが、ユウキにとっては馴染みのない魔物のほうが厄介に感じてしまう。

屋敷の中をあちこち見て回っているときだった。

「きゃあああっ！」

悲鳴だ。

どこからどう聞いても悲鳴だ。

「なんです、今の！」

「おくから、きこえた！」

「わう、わんっ！」

ユウキはあわてて駆け出した。

真っ暗な屋敷の中なので、アキノが持っていた灯火がないと視界が悪い。

夜目が利く相棒が必要だ。

「わんっ！」

とととと、と悲鳴の聞こえたほうに駆け出すポチについていくと、後ろからアキノが追いかけてきた。

「ちょ、待って！　勝手に走ったらあぶないってて！」

「でもっ、ひめいがっ」

「だからって、無鉄砲すぎっ！」

もちろん、悲鳴に似た音を立てて獲物を誘き寄せるタイプの魔獣も存在しているのはユウキも知っている。知っているが、森の奥などに分布する魔獣のはずだ。ここにいる可能性は低い。

誰かが助けを求めている可能性の方が高いのならば、躊躇（ためら）う理由はない。

だが、背後を走るアキノの様子がおかしい。

「というか……ユウキ、本当に平気なの……この辺、瘴気の吹きだまりじゃないの。わ、私……ちょっとキツいかも」

立ち止まって座り込んでしまったアキノに、ユウキは思わず立ち止まる。

「アキノさん、だいじょうぶですかっ」

「うぅ……先輩面しておいて不甲斐ない……」

「どうしよう……とりあえず、そこのまど、あけるよ」

「あっ、でも近隣に瘴気が漏れて……って、え？　ええ？」

くい、とアキノが変なメガネをかけ直す。

信じられない、という様子で目をこすっている。

「窓を開けただけで瘴気が……浄化……ええっ？」

ユウキは次々に廊下の窓を開けていく。

夜風が流れ込んできて気持ちがいい。

「ユウキさんの周囲だけ瘴気が消えている……っ？」

「アキノさん、きぶんはどう？」

「あ、えっと。かなり楽になってきたかも……っていうか、なによこの状況」

アキノが立ち上がって、深呼吸をした。

「なんか、見た目によらずに本当にすごい子なのね」

「そ、そうかな？」

結界の中でぬくぬくと修行していただけなのに。

アキノとユウキは周囲に警戒しながら、さらに奥に進んでいく。

事前に間取りを頭に叩き込んできたらしいアキノが表情を曇らせる。

「この奥は、たしか図書室ね」

「としょしつ」

「古書にしても蒐集品にしても、魔物化しやすい……かなり危険よ」

悲鳴の聞こえた先にあった扉が半開きになっているのを見て、アキノがぶるぶると体を震わせた。

「や、やっぱり一度帰って、増援を呼ぶべきよ。ユウキを危険にさらすわけにはいかないし……お父さんに相談しましょう」

「ておくれになっちゃうかもだけど、それでもいいのかな」

「うっ、そ、それはそうだけど……」

さっきの悲鳴を聞くと、あまり悠長なことは言っていられなさそうだ。

ユウキは返事を待たずに、扉を開け放った。

「うわっ」

魔物化した本が、まるでコウモリのように飛び回って蠢いている。

ギチギチギチ、ギチギチギチ、と耳障りな鳴き声を発しているのが大変気味が悪い。

図書室の片隅に、縮こまっている人影があった。

ユウキより少し年上の、十代前半の女の子だ。

怯えきっている少女の姿に見覚えがあった。

「サクラさん？」

「ひゃっ！」

桃色の髪に白いローブ、床には木の棒きれみたいな杖――昼間に出会ったサクラだった。

「は、はい……せ、先輩方と一緒に来たのですが……急に扉を閉められてしまって……暗くて動けなくて……」

「だ、だいじょうぶ？」

かなり怯えている様子だ。

見たところ怪我もないし、魔物や魔獣に襲われている様子もない。

（でも、どうしてこんなところに？）

ユウキが首を捻っていると、アキノが扉の外から声をかけてきた。落ち着きを取り戻しているのか、頼もしい声色だ。

「ミュゼオンの見習いさんですかね、立てますか？」

「は、はい……なんとか」

「そうしたら、急いでここを離れましょう」

「サクラさん、こっち」

ユウキは怯えているサクラに手を差し伸べる。

ずっと年下の子どもに誘導されるのは恥ずかしいかもしれないけれど、暗闇で転ぶよりはいいだろう。

屋敷の外に出ると、サクラはぺこりとひとつ頭を下げ、慌ててその場を立ち去ってしまった。

「ありがとうございました、あの、また！」

「あっ、まって」

「放っておいていいわよ、さっさと寮に帰らないと罰則になるはずだし」

アキノが肩をすくめた。

「事情もあるんでしょうけど……ミュゼオン教団の子たちが勝手に仕事に割り込んでくることも多くて、正直困るのよね」

「のるまのせい、かな？」

「たぶん、瘴気溜まりに発生する魔物や魔獣を捕まえて、闇市で売りさばくつもりなのかも。表向きのご奉仕だけじゃ、上納金を払えない子もいると聞くしね」

「それはひどいねぇ……」

「そう。ひどいのよ……でも、教団があるからこそ生活できる女の子もいるし、瘴気への対応や病人や怪我人が助かってる。必要悪ってやつかな」

アキノが溜息をついた。

色々と複雑そうだ。

「私たちも今夜は帰りましょう。屋敷の状況もよくわかりましたし……というか、私だけだったら今夜だけでは調査が終わらなかったわよ」

ピーターの家に帰って、その日は早々に寝ることになった。

しっかり昼寝をしていたユウキだけれど、さすがに疲れていたので六才児の得意技である布団に入って五秒で就寝をキメたのであった。

夢の中で金髪ロリ女神にやたらと「我に感謝せよ？」とドヤドヤされたので、ちょっとうなされてしまったのだけが大変に遺憾だったのだけれど。

Name：ユウキ・カンザキ（6さい）～ちびっこお手伝い／異世界からの旅人～
Skill：
【万能翻訳（EX）】
【テイム（EX）】
【？？？（傷が瞬時になおる）】
【どこでも熟睡】
【？？？】

九、おばけ屋敷の大掃除

朝の過ごし方というのは、その家を象徴している——と思う。

たとえばユウキの前世では、親が自家用車で遠方の音楽教育が充実している学校に通う妹を送り迎えしている間、サッカーのクラブチームの朝練に向かう弟のためにユウキが朝食や弁当を作っていた。才能溢（あふ）れる弟と妹のために早起きすることは、しんどいけれども苦痛だったことはない。

ポチに顔面をぺろぺろと舐められて起き出す。

ダイニングにはピーターがいた。

テーブルの上のバスケットに黒いパンが盛られている。

たっぷりとミルクを入れたマグも用意されている。これがピーター家の朝ごはんのようだ。

アキノはまだぐっすり眠っているようだ。

二階からかすかにイビキが聞こえてくるのは、聞かなかったことにしよう。

アキノは昨日と同じく昼過ぎに起きてくるようだ。シフト制親子である。

昨夜、家に帰るとすでにピーターは眠ってしまった後だった。

アキノは明け方にピーターが起きてきてから眠るから、とユウキを先に寝室に送り込んでくれたのだ。

父娘のどちらかが起きていることで、このお手伝い屋さんに困っている人が駆け込んできやすい状態にしている……ということだろう。

「やあ、おはようございます。ユウキ殿」

「おはよございます」

「昨夜のユウキ殿の活躍、アキノが寝る前に話してくれたよ。それから、例のお願いのことも。見た目は小さな子どもなのに立派な人だと驚いていたよ」

「え、あ、えへへ」

「アキノは俺に似たのか、大きな取り柄はないけれど運はいい子でね。この仕事もなんとかやってきたんだけれど……あんなに楽しそうに仕事の話をしているのは、初めて見たな」

ピーターがユウキにパンを取り分けながら、穏やかに微笑む。

丸くて大きな黒っぽいパンは、昨日スリ師三人組のアベルがくれた紙袋に入っていたものと似ている。これがトワノライトの日常食らしい。

昨日は結局、リュックに入っていた果物を食べてすぐに眠ってしまったので、トワノライトの食べ物を口にするのは初めてだ。

「いただきます」

まふ、とパンに齧り付く。

「…………」

パンの味がなかった。というか、埃の味がする。

仕方なく流し込んだミルクも、味が薄くて水っぽかった。

毎日毎日ミルクを飲まされていたから、もうミルクはこりごりだと思っていたけれど、オリンピアが用立ててくれたミルクはかなり美味しいものだったのだと、今更になって思い知る。

……この世界の料理て、もしかして。

全部、マズいのだろうか。

ルーシーの手料理が特異的に不味いのかと思っていたけれど、そうではなさそうだ。今のところ、オリンピアの果実が一番美味しい状態だ。

（まあ、それはそうだよな……味噌も醤油もないんだもん……）

調味料が塩と野草的なハーブだけなのだから、仕方がないところだが。

いつか、美味しいものを食べたい。

体も大きくなってきて、お腹も空くようになってきた。

ユウキはハンバーガーチェーンの薄っぺらくてケチャップの味が濃いハンバーガーや、喉が渇くしょっぱさの家系ラーメン（ほうれん草マシ）、伸びるチーズがてんこ盛りのピザに思いを馳せる。

パンを食べているのに、お腹が空いてきてしまった。

そのとき、玄関に人の気配があった。

「ごめんください」

「おや、ミュゼオンの見習いさん」

「っ、ピーター卿！」

サクラだった。

昨日はあまり眠れなかったのか、目の下に濃いクマができている。

「ようこそ、昨日ぶりですね」

「す、すみません。噂をたどって、急に尋ねてきてしまい……」

「噂？」

「その、お手伝い屋をやってるお人好しがピーター卿だっていう……」

「おやおや、そんな噂が。あまり言いふらさないでくださいね」

内緒、とピーターが口の前に人差し指を立てると、サクラはコクコクと頷いた。

本当にこのおじさんは、人タラシだ。

ピーターの口ぶりからは、こんな仕事をしているのに本当に「英雄」だと気づかれずに過ごしているらしい。もしかしたら、周囲が気がついていないフリをしてくれているのかもしれないけれど……。

後ろから様子を見ていたユウキを見つけると、サクラは緊張した面持ちから一転、パアァアッと笑顔になって小さく手をふってきた。

ピーターがサクラに尋ねる。

「何かの御用ですかな」

「えっと、その……ユウキ様にお礼を申し上げに……」

「おや、ユウキ殿に？　では、どうぞ中へ」

ピーターがサクラを中に迎え入れる。

そのとき、「ああ、そうだ」と何かを思い出したようにサクラを振り返る。

「そうそう、ついでにミュゼオン教団の見習いさんに懺悔（ざんげ）を聞いてほしいのだけれど……お願いできますかな」

「えっ？　懺悔を聞かせていただいても、私は見習いなので何もできません……」

「聞いてくれるだけでいいんです。喜捨はのちほど」

「そんな！　喜捨だなんて……こんな役立たずに」

恐縮するサクラにそれ以上は返答せずに、ピーターはずんずんと応接室に進んでいく。

（なるほどなぁ……上納金ノルマのこと、助けてあげるつもりだ）

ピーターは家を訪ねてきたサクラにスムーズに喜捨を渡すために「懺悔を聞いてほしい」と願い出たのだろう。

ユウキは、痺（しび）れた。

（かっこいいなぁ！）

のんびりとして平凡なおじさんという印象だったピーターだが、ひとつひとつの言動に芯が通っている。

ああ、こういうイケオジになりたい人生であった。

まあ、今は六才児なので遠い夢なのだけれど。

応接間に通されたサクラは、所在なさそうにそわそわとしている。

ユウキは応接室の外から様子をうかがうことにした。

「実はお茶を上手く淹れられなくてね……すまないが、朝食の残りのミルクをどうぞ」

「ありがとうございます、こんな高価なものを」

なるほど、ミルクは高級品らしい。

恵まれた子ども時代だったのだな、とオリンピアに感謝する。

それと同時に、さきほど埃っぽいパンを流し込むためにがぶがぶ飲んでしまって悪かったな、とユウキは頬をかいた。

「それで、ピーター卿の懺悔というのは？」

サクラがぴっと背筋を伸ばす。

わざわざこの場所を探してやってきたのだから、サクラにも話があるはずなのに……責任感の強い少女なのだな。

「はい、実は……昨日、娘とお客人に仕事を任せたのちに、すっかり眠り込んでしまいまして……」

「ふむふむ」

「それで昨日、彼らがお助けしたというミュゼオン教団の聖女見習いさんをおもてなしすることもできなかったのです。信者からの申し出でしたら、外泊も許されたでしょうに……私が起きていたら、夜遅くに見習いさんを寮に追い返さずにすんだのですが」

申し訳ないことをしたなぁ、とピーターは大きく溜息をついた。

「そそそ、そのっ！　むしろ、私はその御礼を申し上げに……」

困惑しているサクラに、ピーターがニッコリと微笑みかける。

ポケットから金色に光るコインを取り出して、応接テーブルにことりと置く。

高額なコインだ。

「実はですね、こちらからお願いが……というか、そこにいるユウキ殿からのお願いがあるのです」

「え？」

名前を呼ばれて、ユウキは廊下から顔を出した。

サクラが目を丸くしてユウキを見る。

「あ、あの、ユウキ様……私、あなたとアキノさんにお礼を申し上げに来たのですが……役立たずのクズ以下の私なんかにお願いって一体……？」

実は、昨日の様子を見てアキノに相談をしていたのだ。

すでにアキノを通して、ピーターにも根回しをしてある。

サクラが今朝ここにやってこなかったとしても、ミュゼオン教団にある申し入れをするつもりだったのだ。

「サクラさん。あのおうちのおそうじ、てつだってくださいっ」

「えっ？」

上納金とか、ノルマとか。かなり苦労しているのは明らかだった。

しかも、路地裏でげっそりと痩せて倒れていて……スリ師のスキンヘッドに身ぐるみ剥がされそうになっていた。おそらくあれは、珍しい光景ではないのだろう。屋敷に置き去りにされていたところからも、サクラはミュゼオン教団とやらの中でも立場が弱いのだろう。

ユウキも営業職でノルマに追われていた時期もある。

しかも、社内の人間関係も最悪だった。

つらいのだ、あれは。

わかるからこそ、助けてあげたい。

だからといって、お金だけを渡すのはサクラのプライドを砕いてしまう。

とてとて、とユウキはサクラの近くに歩み寄った。

「おてつだいやさんのおてつだい、してくれる？」

アキノが瘴気酔いをしやすいのは、彼女が持っている魔力量が非常に少ないかららしい。それはそれでメリットもあるが、魔力量が多い人が手伝ってくれれば、色々とスムーズなのだという。

ならば、うってつけの人材がいる。

ミュゼオン教団の見習いで、魔力量が多くて、今まさに手が空いている。

ユウキが差し伸べた手をぽかんと見つめていたサクラの瞳が潤む。

「あ、あ……」

ぽろりと、サクラが涙をこぼした。

昨日、路地裏で倒れていた様子といい、かなり切羽詰まっているみたいだ。

「わ、私っ……ほ、ほんとに魔力量以外に、とりえが、なくてっ」

「だ、大丈夫かい？」

ピーターが慌ててサクラの背中をさする。

「わ、たし、誰かに必要だって、言ってもらえたのが……嬉しくて。すみません、すぐ、泣き止みますから、ひぐっ」

「ゆっくりでいいよ」

「ユウキ殿の言う通りだ。……苦労をしていたんだね、見習いさん」

ピーターの言葉に、こくんと頷いたサクラ。

ぽつぽつと話し始めたのは、彼女の生い立ちだった。

貧乏貴族の七女に生まれたサクラは、口減らしのためにミュゼオン教団の聖女見習いに志願した。

幸運なことに生まれつき蓄積可能な魔力量に恵まれていたため、人体に宿り蓄積される魔力……つまり生命力を他人に分け与えることで病気や怪我を治癒する聖女を養成しているミュゼオン教団は、サクラを歓迎してくれた。

だが、姓を持つ貴族の生まれであることは、教団での集団生活ではプラスにはならなかった。実情を知らない庶民出身の先輩たちから、やっかまれたのだ。

さらには、教団で見習いを続けるための上納金のノルマが想像以上に厳しく、多くの見習いがあまり人に言えないような奉仕活動で稼ぎをあげているのが実情だったのだ。

ルールを破ることも、裏ルートのご奉仕もしない清廉なサクラはどんどん孤立し、困窮していった。

「自分で稼げなかった上納金は、両親が持たせてくれたなけなしの餞別をお金に換えて、少しずつ切り崩して、払っていたのですが……もう、これも底をついて、しまって……」

「ふむ……もし上納金を払えなければ聖女になった後、一生を教団の下働きとして過ごすことになってしまう。そんな噂を聞いたことがあるけれど？」

ピーターの問いかけに、サクラは躊躇いがちに頷いた。

どうやら、その噂は本当のようだ。

「ふぅむ……市民にもミュゼオン教団の見習いは街の下僕……という意識の者もいますからね。見習いや下級聖女に乱暴を働く輩も多い」

酷い話である。

肩を震わせるサクラは、ユウキに頭を下げた。

「はい……だから、昨日みたいに助けていただいたことは、初めてで」

サクラは涙で濡れた瞳でユウキを見つめる。

「わ、たし……本当に、嬉しくて……こんな階段の溝に溜まりに溜まったチリよりも存在している価値のない、しぶといだけが取り柄のゴミに……優しくしてくださって、ありがとうございます。同じゴミならば腐った野菜クズのほうがまだ利用価値があるでしょうに……畑の肥やしとか……あっ、肥やしなら私もなれるかもっ」

「ねがてぃぶのいきおいがすごい！」

正直、ちょっと鼻につくほどの卑屈さだ。

ながらくサクラが孤立無援の状況で生活をしてきたこと、いつも自尊心を踏みにじられるような境遇にいたことが彼女にそうさせているのだろうけれど、あまり気持ちのいいものではない。

何より、卑屈になればなるほどサクラを目の敵にしているような奴らが増長するのは目に見えている。

「じぶんを『ごみ』とか『かす』とかいうの、やめて」

じっとサクラの目を見て、訴えた。

サクラはハッとしたような表情をして、ユウキの言葉を噛みしめる。

そして、またジワジワと泣き出してしまった。

「ユウキ様……あのとき、私みたいなク……いえ、私をっ、助けてくださって、あ、ありがとうございます……！」

「うん」

「ほ、ほんとに……嬉しかったんです……」

「……うん」

サクラとてまだ十二才かそこらの子どもだ。年相応に泣きじゃくるサクラの頭を、ユウキは思わず撫でてしまった。

自分が六才児だということを、すっかり忘れて。

「……おなじじゃないけど、わかるから」

ユウキは言う。

自分なんか、という思考に逃げてしまうのは簡単で、心地がいい。

かつてのユウキがそうだった。

「〜〜っ、うえぇぇえっ」

「ふぎゃ！」

感極まったサクラが、ぎゅうっとユウキを抱きしめる。

「ユウキ様……あ、あなたは本当にすばらしいお人ですっ！　一体、人生何周目でいらっしゃるのでしょうか！」

（に、二周目ですっ……！）

ユウキのほっぺたをむにむにと揉みながら、サクラはかすかに笑顔を浮かべる。六才になっても、ユウキのぷにぷにふわふわのほっぺたは健在である。

本人としてはちょっと気にしているのだけれど……周囲の人間には好評なのだ。

「ふふっ、柔らかい」

（なんか悪いことをしている気に……まあ、機嫌が直るならいいけど……）

しばらくされるがままにしていると、遅れて起きてきたアキノが応接室にやってきた。

「おはようございます……あれ、お客様？」

「おはよう、アキノ。今日からの仕事は、サクラさんにお手伝いいただけることになったよ」

「ふーん……」

まだ寝癖がとれていないアキノが、サクラに抱きしめられているユウキをじとっと見つめて呟いた。

「……ユウキさん、楽しそうね」

なんか、冷たい声なんですけど。

ユウキはじたばたと手足を動かした。誤解です、アキノさん。

ハーブティーを淹れながら、「ユウキさんのほっぺた、触るの我慢してたのに」と膨れているアキノに、ユウキは驚く。

（ほっぺたくらい、いくらでも触っていいですが⁉）

「わふっ」

我関せず、といった顔で、部屋の隅でポチが一声鳴いた。

（こ、この裏切り者っ！）

ユウキは初めて、親愛なるもふもふの相棒に対して「この犬めっ！」と毒づいたのであった。

◆

昼過ぎから、ヒルクの屋敷の大掃除がはじまった。

瘴気を可視化する変なデザインのメガネをかけたアキノの指示の下、サクラとユウキ、それからポチで清掃を進める。

瘴気を祓うというと大げさだけれど、やることは普通のお掃除だ。

風通しを良くして、埃を払って床をよく拭く、瘴気が溜まらないように整理整頓をする。

とても、地味。

「よいしょ、よいしょっ」

ユウキは背の低いのを利用して、低い位置の拭き掃除や整理をしている。

まずは瘴気の濃い奥の部屋から浄化を始めている。

順調にいけば、三日か四日あれば作業が終わりそうな見通しだ。

「不思議ね、やっぱりユウキさんの近くにいると瘴気酔いがマシな気がするわ」

「はい。ユウキ様の周りだけわずかですが瘴気が浄化されている……信じがたいですが、本当のようですね」

床の拭き掃除をしているサクラが大きく頷く。

「アキノさん、ご気分は大丈夫ですか？」

「ええ、元気よ。さっきサクラさんに魔力を分けてもらったからね」

「よかったです！　いつでも言いつけてくださいね」

魔力を譲渡する術は、ミュゼオン教団の秘術らしい。

この魔力譲渡によって、ミュゼオン教団の聖女や見習いたちは、瘴気酔いや病気や怪我を治癒する。他にも、瘴気祓いを請け負ったり、様々な「奉仕活動」を行っているのだという。

魔王討伐後、瘴気が渦巻く世界になってからというもの、魔力を多く持つ女子を集めて養育し「聖女」として働かせるミュゼオン教団は日々勢力圏を伸ばしている。

ちなみに、サクラが路地裏で倒れていたのは、魔力が回復する前に譲渡を繰り返していた結果、魔力切れを起こして昏睡していたようだ。加減を知らないのも困りものだが、見習いにはよくある事故らしい。

「ふぅ、見習いさんがいてくれると助かるわ。さすがにユウキに魔力まで分けてもらうわけにもいかないしね」

「うっ。すみません……ゴミクズなので……この間……たっぷり魔力をわけてもらってしまいました……お小さいのに、あんなに魔力をお持ちなんて……」

しゅん、とサクラが肩を落とす。

「ほら、落ち込まないの。困ったときはお互い様。世の中は持ちつ持たれつ！」

「はいっ」

「さあ、わかったらピカピカに掃除するよ！」

アキノはもともと魔力が極端に少なく、瘴気に弱い体質らしい。

だからこそわずかな祓い残しも見逃さずに清掃することができるのだとか。

「屋敷まるまる一棟の瘴気祓いを一人でやった、なんて教団的にも大きい功績になるんじゃない？」

「え？　一人だなんて、私は皆さんのお手伝いをしているだけで……」

「んー、『ピーターのお手伝い屋さん』はあくまで非公式の何でも屋さんだからね。瘴気祓いの手柄をアピールしたりはしないの」

「そんな！　こんなに大変な仕事をしてらっしゃるのに」

「私たちの手柄にならないからこそ引き受けるんだって、父さんがいつも言ってる」

「手柄に、ならないからこそ」

「そう。私たちの手柄が残ると、困りに困って頼ってくれた人がいつまでも『困ってたこと』に決着を付けられない。スッキリさっぱり終わらせられないでしょ？」

　アキノが誇らしそうに胸をはる。

「だから、私たちは『お手伝い』しかしないし、どんな仕事をしてもそれは後に残さない」

「か、かっこいいです！」

「ふふ、だから今回の瘴気祓いはサクラさんのお仕事として報告しますね」

　ピーターがミュゼオン教団に対して、見習いのサクラ・ハルシオンが奉仕活動の一環としてヒルク邸の瘴気祓いを行う旨の報告書を提出してくれた。

　こうすればサクラに報酬を堂々と支払うこともできるわけだ。

　地味な仕事とはいえ、瘴気溜まりの浄化というのは大きな仕事ではあるらしい。

（たしかに、地味で危険な仕事ってたくさんあるもんなぁ）

ルーシーの生業である魔獣狩りだってそうだ。

魔獣と戦っている瞬間はたしかに多少は派手かもしれない。だが、基本的には魔獣の痕跡を探して歩いたり、じっと待ち伏せをしていたりしている時間が大半だ。

地味である。

むしろ世の中にはそうそう派手で華々しい仕事なんてないし、そう見える仕事だって実際は地味な作業の上に成り立っている。

地味な仕事の積み重ねで、世の中は回っているのである。

「あっ、あぶない！」

「ふぇ？」

物陰から出てきた鋭い歯を持つ蜘蛛(くも)の魔獣、カミキリグモがユウキに忍び寄っていた。足がやたらと長いシルエットが不気味だ。

エサを待ち伏せするショウフグモに比べてアグレッシブに動き回るのが最悪である。

「うっっわ、きもちわるっ！」

驚いたユウキは、飛び退きながらカミキリグモを払いのけた——瞬間。

ぱぁんっ！

乾いた音をたてて、カミキリグモが砕け散った。

アキノとサクラがその様子を見て、言葉を失う。

「どれだけの魔力をぶつけたのよ、今の」

「………す、すごすぎます」

ユウキは自分の手のひらを見つめる。

いや、今のはけっこう加減をしていたのだけれど。

「や、やまおくのクモはもっとおおきいんだよ」

ユウキの言葉に、アキノとサクラが顔を見合わせた。

「絶対にユウキさんの故郷には行きたくないわね……」

ポチと一緒に魔獣や魔物を駆除したり、拭き掃除をしたり……せっせと身体を動かしているうちに、ユウキの初めての仕事は完了した。


三日目。

最難関だと思われたエントランスホールのシャンデリアの掃除も、壁や家具を足場に軽々と天井まで移動したユウキによって難なく完了した。

心配そうに見上げるサクラには悪いけれど、これくらいは危ないうちに入らない。

山奥で崖を登っていた日々が、こんな風に役に立つとは思わなかった。

拍子抜けするくらいに順調に、予定通りに、ヒルク邸の瘴気祓いは完了した。

最終日に作業を終えて帰宅したユウキたちを、ピーターとヒルクが笑顔で迎えてくれる。

「三人とも、お疲れ様！」

「ぐるる……わふっ」

「っと、四人ともか。失礼」

「わんっ」

「ポチのおかげで、小型の魔獣や魔物の駆除がかなりスムーズだったわ」

ふふん、と誇らしげなポチであるが、アキノが頭を撫でようとするとぷいっと避けてユウキの側で伏せをした。

褒められるのは好きだけれど、簡単に懐くことはないらしい。

まったくもって、気難しい犬である。

腐っても、いや、小さな毛玉になっても誇り高き魔獣の王である。

「今回の報酬です。面倒な仕事だったかと思いますが……あんなに綺麗にしてもらって、亡き父母も喜んでいると思います」

感極まった様子のヒルクが深々と頭を下げる。

「もう放置しちゃだめですよ？」

にっこりと微笑んで、アキノが腰に手を当てる。

「はい……」

「ところで、別れた奥さんというのはどうして夜逃げを？」

(た、たしかに気になるけど！　聞くんだ、今！)

アキノはずけずけと物を聞く人だが、不思議と嫌な感じはしない。

マジで本当にミリほどの躊躇もなく質問をしてくる潔さのせいだろうか。

「おそらく……掃除をサボりがちな人だったから、夜逃げする前からすでに家が瘴気溜まりになりかけていたのかもしれません。我が家の使用人はあの家を出てしまいましたからね」

「あー……」

それなりの広さがある屋敷だ。

一人で掃除をしようとすると、それだけで一日が終わってしまうだろう。

欲張って豪華な住処を手に入れたけれど、分不相応な持ち物が自分の手に余ってしまったというわけだ。

「それで自分の手に負えなくなって……あちこちに作った借金もあって夜逃げしたのかと……すぐに自分が手入れを始めたら、こんなことにはなっていなかったのですが」

「ヒルクさんは悪くないでしょう、それ」

「ははは……昔から気が弱くて。でも、こうして皆さんが瘴気祓いを受けてくださって、本当に助かりました」

「い、いえっ……微力ですが、お力になれてよかったです」

サクラが真っ赤になって俯いた。

とても嬉しそうに、はにかみながら。

「これはヒルクさんからの報酬だ」

ユウキとサクラに、革袋が一つずつ渡された。

嘘だろう。修行なのに、お給料が貰えるのか。

サービス残業が骨身に染みていた過去を思い出して、ユウキは感動に震えた。

「ユウキ殿の報酬からは、家賃と食事代など含めて一割引かせてもらっているよ」

「もんだいありませんっ」

「お金の使い方についても学ばせてほしい、とルーシー殿から言われているからね。まずは自分で管理してみるといい」

「はいっ」

サクラの報酬よりも一回り小さい革袋。

だが、六才児にはずっしりと重い。

（おお、おおお……っ！）

ユウキは感動した。

仕事をして、お金を稼いだのだ。

オトナである。六才児だけど、これはオトナといっても過言ではない。

「失礼だけど、教団への上納金はそれで足りるでしょうか」

これくらい入っています、とヒルクが手で示した数字にサクラが目を丸くして、こくこくと頷いた。十分すぎるくらいの額だったのだろう。

「よしよし、よかった」

ピーターは満足そうに頷いた。

自分の仕事を通じて人助けができたことを、心から喜ばしく思っているようだ。本当に善良な人なのだな、というのが全身の毛穴から漏れ出ている。

アキノがユウキを小突いた。

「ねえ。少し散歩に行くけど一緒にどう？　まだろくにトワノライトを歩いてないでしょ」

「いきたいですっ」

正直、かなりありがたい申し出だ。心強いこと、このうえない。

ユウキはまだ、ろくに買い物のひとつもしたことがないのだ。

ルーシーからコインの価値なんかは教えてもらったが、慣れていないし相場もわからない。

というか、コインの見分けがすぐにつかない。

おどおどしているうちに、騙されてしまうかもしれない。

「じゃあ、サクラさんも途中までは一緒にいこうか」

「は、はい！　本当に……お世話になりました！」

勢いよく頭を下げたサクラに、ピーターが微笑んだ。

「ユウキ殿をお迎えしたとはいっても、うちは人手不足でね……また手を貸してくれたら助かります」

「もちろんですっ！　こんなカス虫以下の人間でよければ……」

「……んー」

サクラの返答にピーターが少し顔を曇らせる。

なるほど、やっぱりそうだよね。ユウキがそっと、サクラの服の袖を引っ張った。

「ねえねえ、サクラさん」

「はい？」

「おれね、サクラさんがじぶんのこと馬鹿とかゴミとかいうとね、とってもかなしいよ。だから、そんなこといわないで？」

「えっ」

ぴき、とサクラが固まってしまう。

おそらく、そんなことを言われたことがないのだろう。今までの生活で、自分を底辺に置くことに慣れきってしまっていたのだろう。

ユウキが先に言葉を発したことに驚いたような表情で、ピーターが言葉を続けた。

「ユウキ殿の言う通りです。それに、価値のない人に大切な仕事を預けることはできないよ」

「あっ、その」

「謝らなくていいんだ。でもね、たった三日でヒルクさんの家を元通りにできたのは、あなたがいたからです」

「そ、そうなのですか？」

「おそらくアキノと俺で手分けしていたら……うん、まるまる一月以上はかかったかもなぁ」

「そうね、私も同感」

アキノが街に出かける支度をしながら言った。

「まあ、ユウキさんの存在が大きいですが……サクラさんが魔力を分けてくれなかったら、私はもっと早く瘴気酔いでダウンしてたでしょうし？」

サクラが、ぽかんと口をあけた。

褒められている状況に、頭と心が追いついていないのだ。

「とにかく、これからもお互いによろしく。見習いさん」

「はいっ……はい！　よろしくお願いいたします！」

サクラがまた涙ぐんでいるのを、ユウキは見ないフリをした。

この世界での初任給を握りしめて、ポチと一緒に家の外に飛び出した。

◆

街の市場に連れ出してもらって、買い物の仕方を習ってから、自由行動ということになった。

いくつかの露店を回って、満足のいくものが買えた。

トワノライトの中でも比較的治安のいい西地区の市場ということもあって、子どもだけで買い物をしている姿もちらほらあった。

サクラにコインの使い方や買い物のルールやマナーを教わりながら、夕食の買い出しに付き合った。

案件が落ち着いたお祝いに、骨付きのこんがり肉を夕食にするそうだ。

骨付き、こんがり、肉。

聞くだけで一文節ごとによだれが垂れてしまう。

考えてみれば、ユウキは今に至るまで塩漬け肉や干し肉以外のフレッシュな肉を食べたことがなかった。故郷の山には、スライムや食用に適さない肉食系の魔獣、氷系の魔物ばかりが生息していたし。

この世界で食べた物は、正直どれも美味しくなかった。

お世辞抜きで「美味しい」と感じたのは、オリンピアの結界内に生える果物くらいだ。

ご馳走の予定に心躍らせながら、ユウキはアキノとの待ち合わせ場所にやってきた。肉は注文を受けてから時間をかけて焼き上げるらしい。

すでに周囲にはいい匂いが漂っている。

「わふっ……」

「そうだよな、ポチ。おなかすいたよな」

ポチと一緒に鼻をヒクヒクさせてしまう。魅惑の匂いだ。

香辛料の匂いも混じっている。これは期待ができそうだ。

骨付き肉というくらいだから、六才児には食べきれないかもしれない。ポチと分け合おうか……いや、魔獣の王フェンリルといえども香辛料や塩分で体を壊してしまうかも。犬にタマネギやニンニクを食べさせたら致命的らしいし。ならば、やはり多少はお腹がはち切れそうになっても美味しくいただかなくては。

「ユウキさん、お待たせ！」

紙袋を抱えたアキノが肉屋に群がる人だかりから現れた。

「アキノさん！」

「どう、いい買い物はできた？」

「はいっ」

仕事用にとピーターからもらった肩掛け鞄を、ぽんと叩いてみせる。中には買ってきた品がちゃんと入っている。

「じゃあ、帰ろうか。せっかくの肉が冷めちゃいますからね！」

「わーいっ！」

思わず飛び跳ねてしまう。

ポチもユウキの周囲を飛び回っているけれど、果たしてポチのぶんの骨付き肉はあるのだろうか……と一抹の不安を抱いてしまう。ぬか喜びは辛いので。

ピーターの家に向かって歩いていると、向かいから見覚えのあるシルエットの一団が歩いてきた。サクラと同じミュゼオン教団の制服の一団だ。

手にしている杖や服は上等なものだ。

少なくともサクラよりも位の高い見習いか、あるいは聖女たちのようだ。

しかし、全員が何やら不機嫌そうな表情をしている。

ユウキはすれ違いざまに、そっと耳を澄ましてみた。

うんざりした様子で噂話に興じているようだ。

「ねえ、聞きました？　あのお貴族様……瘴気溜まりの浄化をしたとか」

「ええ、あの支部長様が報告書片手に上機嫌だったからね」

「はぁ……そんなに簡単なご奉仕なら、あいつを置いてくるんじゃなかった」

「仕方ないでしょ。結局めぼしいものもなかったし、思ったより瘴気が濃かったんだから」

「惜しいことしましたね」

「でも……あんなに魔物や魔獣がたくさんいたのに、どうやって？」

「どうせ、お貴族様のコネか何かで、誰かにやらせたのよ」

「苗字持ちはいいよなぁ～、まったく」

「支部長様の覚えもよくなっちゃって、まぁ……」


うわぁ、とユウキは聞き耳を立てたことを後悔した。

ひどい話である。

「お貴族様」というのは、おそらくサクラのことだろう。

夜中にサクラを教団の施設から連れ出して、瘴気溜まりになった屋敷に置き去りにしたのだ。

苗字持ち……つまり、貴族の出身だからという理由でやっかみの対象になっているのだろう。

家が貧乏だからこそ、教団で見習いになったというのに。

（なんか、嫌なものを聞いちゃったな……）

とりあえず、サクラの働きがきちんと教団に伝わっているらしいことだけは、喜ばしいことだけれど。

「ユウキさん？　どうかしましたか」

「ううん、なんでもないよ」

「ちゃんとついてきてくださいね、迷子になりますよ」

「はーい」

アキノのスカートの端を握った。

途中、アキノの顔見知りらしいスープ屋や道具屋の店員が声をかけてきた。

「アキノちゃん、隠し子かい⁉」

「可愛い息子ちゃんだねぇ」

年齢的にアキノの子はないだろう、と思うけれど。いや、この世界だと十代で子持ちも多いのだろうか。

どちらかというと、年齢の離れた弟といった感じだろう。

アキノが気を悪くしていないだろうか、と恐る恐る様子をうかがうと。

「ばか、違うわよっ！」

大声で反論しながらも、まんざらでもなさそうなアキノであった。


肉が冷めないうちに、と急いで帰ってくると、ピーターが夕食の準備を進めてくれていた。

早起きなぶん、日が沈んだばかりなのにすでに眠そうだ。

「おかえり、今夜はユウキ殿の歓迎会も兼ねてパッとやろう」

「ありがとう、父さん。お肉も大きいところもらってきたわ」

「おおっ、そりゃ楽しみだなぁ」

パンが二種類と、豆のスープとオレンジっぽい果物とリンゴっぽい果物がバスケットに盛られている。果物は小さいし干からびているけれど、貴重な生鮮食品だ。

「冷めないうちに、いただきましょ！」

アキノが紙袋から取り出した骨付き肉は、まだほのかに湯気をたてていた。

ほかほかの、骨付き肉だ。

「………っ」

とても美味しそうな匂いによだれが垂れそうになるけれど——同時に、ユウキの目に涙が浮かんできた。

（ち、ち、小さいっ！）

紙袋から出てきたのは、小さな手羽元の丸焼きだった。

たぶん、元の世界でいう鶏の手羽元だ。

一人につき、二本。

骨付き肉ではある。こんがり焼いては、ある。

けれど、想像していたのは通称マンガ肉と呼ばれている「アレ」だったし、鶏肉ならば片足ぜんぶを焼いてほしかった。

六才児の小さな体格のアドバンテージを活かして、自分の顔より大きいお肉にかぶりつきたかった……ああ、照り焼き味なら言うことなしだ、最高。

だが、現実は手羽元だ。

鶏肉すらもこの世界だと貴重品ということなのだろうか。

流通の問題なのか、それとも畜産の問題なのか。

（それでも、ピーターさんとアキノさんが奮発してくれたんだよな）

ありがたいことだ。文句を言うなんて、とんでもない。

「いただきますっ！」

ユウキは丁寧に手を合わせて、すべてに感謝。

アキノが興味深そうにそれを見て、真似をした。

「イタダキマス」

小さな骨付き肉にかぶりつく。

筋張っていて、ぼそぼそとしているけれど……紛れもなく肉だった。

塩漬けでもなく、干し肉でもなく。

久しぶりの生鮮食品だ。味が薄いしパサついているけれど、涙が出るほど美味しく感じる。

「ん〜っ、美味しいっ」

アキノが頬をおさえる。

ご馳走にありついたのは、人間たちだけではない。

アキノは肉屋から大きな骨をオマケしてもらったようだ。

象かバッファローの骨じゃないかと思うほどの超巨大ボーンを噛んで、ポチは満足そうにくぅんと鼻を鳴らしている。しばらくは、おやつに困らないだろう。

ピーターも満足そうにモグモグと口を動かしている。

「んん、うまい……。瘴気のせいで、おちおち鶏も羊も飼えなくなったからなぁ」

ピーターが悲しげに溜息をつく。

「しょうきのせい？」

「動物を飼育しても魔獣化しちゃうのよ。私が生まれる前だけど……牧場がまるごと瘴気溜まりになって、動物がみんな魔獣になっちゃった事件とかあるみたい」

「たいへんだっ」

「畑もそうよ。よく風の吹く土地じゃないと瘴気溜まりになっちゃうからね。使える土地が少なくてねぇ」

「小麦畑が丸ごと魔物化したことがあったんだよ、たしか……コガネドクムギになっちゃって。結局、ぜんぶ燃やすしかなかったんだ。あわや飢饉ってことになったから、どうにか近隣の国から支援をとりつけたっけ……」

「ピーターさんが？」

「うん、昔のツテというか……ルーシー殿のおかげで、顔だけは広いからね」

なるほどなぁ、とユウキは理解した。

まずもって、食べ物を育てられるほどの余裕が世界にないのだ。

瘴気のせいで土地も使えないし、せっかく育てても魔物化してしまったら食べられない。美味しくするための品種改良なんて、やりたくてもやりようがないのだ。

（この世界で美味しい物を食べるの、結構ハードル高いぞ……）

たとえば、近くのスーパーからお取り寄せでもできれば話は別なのだろうけれど。

「ところで、買い物はどうだった。満足のいくものは買えたかな」

「はいっ！」

ユウキは自分の部屋に置いてきた紙袋を思い出す。

初めての給料で買ったのは、小さな踊り子人形だった。

トワノライトの名産品である精霊石エヴァニウム——の加工途中で出てくる、エヴァニウムの細かな破片があしらわれていて、太陽の光を集めてダンスを踊るカラクリ仕掛けが施されている。まごうことなき、この街の特産品だ。

（かあさんと師匠、よろこんでくれるかなぁ）

年に一度はオリンピアのもとに帰っておいで、とルーシーから内密に伝言されている。そのときに渡そうと思っているプレゼントだ。

母親へのプレゼントなんて、照れくさい。

けれど、オリンピアの嬉しそうな顔を思い浮かべると、何かしてあげたくなってしまうわけで。

踊り子人形をそっと鞄にしまい込む。

壊れないように、慎重に布で包み込んだ。

◆

——魔の山、奥地。

元は聖峰アトスと呼ばれていた頃の面影を残す、オリンピアの結界内。

人間の幼児を育てるためにすっかり所帯じみてしまった小屋から、壮年の女性が姿を表す。

魔獣狩り専門の狩人(またぎ)を生業としているルーシーだ。

数年前に拾った異世界からやってきたという赤子を縁として、この聖域を拠点に暮らすようになったのだ。

まったく、人生には何が起こるかわからない。

極めて腕のいい狩人である彼女は、魔獣の出没によって反応する特別なアイテムを携帯している。羅針盤のような形状で、特定の信号を受信できる優れものだ。

各地からの救助信号があれば、ルーシーはいち早く駆けつける。

「なあ、オリンピア。いつまでそうしてるんだ?」

ルーシーはかろうじて瘴気に汚染されずにいる精霊の力を宿した泉を熱心に覗き込んでいる

古い友人——人格を宿した高位精霊オリンピアに声をかけた。

「うぅ……もしかしたら、ユウキさんが映るかも！」

「あー、『精霊の遠見鏡』か」

「そう！　精霊の多い水場にユウキさんが近づいてくれたら、ここに映るはず……」

「どこもかしこも瘴気まみれで、まともに精霊がいる水場なんてないだろ」

「うう……そうでした。聖水が湧いている水場は、ナンチャラ教団さんが独占してしまっていますし」

「残念だったな」

しょんぼりと肩を落としているオリンピアに、ルーシーは苦笑する。

「お前が私以外の人間にそんなに執着するなんて、思ってもみなかったな」

「あっ、ヤキモチかしら？　心配しなくても、私のとびっきりのお友達はルーシーですよ」

「べ、別に嫉妬なんかしてないさ」

それに、とルーシーが続ける。

「私としても弟子の様子は気になるからな……少し様子を見に行こうと思う」

「まあ！　それなら、私も……あっ」

「お前がここを動いたら、この場所も瘴気に呑まれるぞ」

「そうよね、はぁ」

オリンピアがいることで、どうにか清浄を保っている聖域。

だから、彼女がこの場所から勝手気ままに出て行ける日は来ないのだ。

この山をオリンピアが見捨てる日など、来ないのだから。

「ユウキがいつか、この山を元に戻してくれるかもしれない」

「そうねぇ。別世界からの旅人さんは、特別なことをするためにこの世界にやってくると聞くからね」

くすくすと笑うオリンピアの頭を、ルーシーがくしゃと撫でた。

十、トオカ村のイノシシ退治

忙しいときには寝る暇もないほど忙しく、閑古鳥が鳴き始めると鳴き止まない——それが世の常、人の常である。

いつもほどほどに忙しく、常に稼ぎの安定している仕事というのはレア中のレアだ。そんなわけで、ミュゼオン教団の見習いとしてのド底辺から脱出したサクラ・ハルシオンも、目が回るような大忙しの毎日を送っていた。

「この度、近くにある農村に派遣されることになったのですが……ユウキ様にお手伝いをお願いできませんでしょうか」

「のうそん！」

ミュゼオン教団トワノライト支部の集会所。ユウキとアキノ、そしてポチが片隅の応接机に座っていた。あちこちに同じような応接机があり、見習いや聖女たちが様々な奉仕依頼の相談を受けている。

順調に上納金を納めるようになったことで教団の中でも覚えがめでたくなったサクラは、教団の窓口を通して依頼を受けることを許されるようになったらしい。

うじうじとした言動が目立ったサクラだが、このところは少しだけ自信がでてきたのか明るい雰囲気になったように思う。

逆にそれを許されるまでは自分の足を使って、街中から案件をとってこないといけないらしい。結果、魔力の切り売りをするような生活に陥り、見習いたちが行き倒れ状態になることが多いのだ。

底辺から這い上がるのが一番大変で、コネや運、要領のよさがものを言う——要するに、先輩たちから気に入られて割のいい奉仕案件を回してもらったり、あるいは瘴気溜まりから魔物を持ち出して闇市に売ったりといった行為をしないと、上納金を支払いきれないわけだ。

アキノが「ふむ」と顎を撫でる。

「近くの農村っていうと、東にある『トオカ村』かな？」

「はい、実は隣接している山に瘴気溜まりが発生したようで、凶暴なアカキバボアが大量発生してしまっているんです」

「あちゃー……こりゃ、またパンが高くなる」

頭を抱えたアキノに、サクラが大きく頷いた。

トオカ村はトワノライトにとって重要な農村で、黒パンの材料になる小麦っぽい穀物を生産しているらしい。

そこが魔獣に襲われたとなると、一気にトワノライトに供給される食料が足りなくなるのだ。

一応、トオカ村以外にも農村はあるし、備蓄もあるので飢え死にする人が多く出るようなことはない……らしいけれど、嫌な話だ。

「それにしても、最初のアカキバたちの襲撃は逃れたのね？　珍しい、たいがい初めの段階で畑がやられちゃうのに」

「トオカ村出身で腕の立つ方がちょうど職を失って帰郷されたとかで、最初に山から下りてきた何匹かを追い返してくださったのだそうです」

それはすごい、とユウキは驚いた。

こと魔獣との戦いにおいて、魔獣狩りを専門にしていない人が急に応戦してどうにかなることは少ないとルーシーからよく聞かされていた。

戦い方云々の前に、そもそも魔獣という存在にビビってしまうからだ。それはそうだ、あいつらはたいがい見た目がグロいか、顔が怖いかどちらかなのである。トオカ村に帰ってきた若者というのは、かなり勇敢な人か、あるいは乱暴者かどちらかなのだろう。

「そ、それってサクラさんがやるしごとなの……？」

「魔獣の駆除ではなくて、防衛柵を作って畑を守ってほしいそうです」

「なるほどね、それなら『手伝い』できるわよ」

アキノが見積書を書き始める。

今回は重要な案件なので、トワノライトからの助成金が出るはずだ。

「ありがとうございます、私たちはあくまで初動の一時しのぎで、魔獣狩りの方をトワノライトが手配してるそうです。そちらには腕利きの聖女様を教団から派遣するとか」

いわゆる、先行して動き始める鉄砲玉みたいなものか。

本命の部隊が到着するまで何もしないわけにもいかないし、かといって体勢が整っていないのに下手に動いて教団の評判を傷つけたくない。

それで、見習いのサクラを派遣して、もしも失敗してしまったとしてもトカゲの尻尾切り――未熟な見習いのせいにできるというわけだ。

（一応、師匠にアカキバボアの対処法を習っておいてよかった……完全に力不足だろうけど、あとでイメトレしておこう）

話の内容をわかっているのかいないのか、隣に座っているポチがヤル気満々で息を荒くしている。氷の狼王（フェンリル）のくせに血気盛んな相棒である。

「このあたりを拠点にしてる、アカキバボアに対応できる狩人といえば……魔王時代から活躍しているブルックス狩猟隊くらい？」

「はい！」

「うへぇ、大物が出てくるな」

「ブルックス様はあの魔王を撃破した伝説のグラナダス隊とも肩を並べたことがあるとか！大急ぎで向かって頂いているそうですよ」

ユウキはほっと胸をなで下ろす。

腕の立つオトナが来てくれるならば安心だ。

「じゃあ、明日の朝一番でトオカ村に行きましょう。今回は父さんにも手を貸してもらわなくちゃ」

「はいっ！　今回は私からの協力依頼ですので、皆さんにトワノライトからの喜捨の一部をお支払いできます……やっと恩返しができて、嬉しい……っ！」

興奮気味のサクラに見送られて、教団の集会室から出る。

すれ違ったサクラの先輩格の見習いがジロジロとユウキたちを見て、舌打ちをした。

「あーあ、やっぱりお貴族様のコネかぁ」

うわあ、これ見よがし。

ユウキはびっくりしてしまう。六才児に聞こえるように嫌味を言うとか、いくらなんでも大人げないにも程がある。

確実に聞こえていたであろうアキノは、気にした風でもなく伸びをした。

「よーし、明日は力仕事だろうから頑張らなくちゃね！　素直で性格のいいサクラちゃんの手柄をバッチリたてて
やりましょ～っ！」

大きな声は、おそらくすれ違った先輩にも聞こえていただろう。

極めて大人げないオトナの空中戦である。こわい。

◆

ピーターとアキノ、そしてサクラと一緒にトオカ村にやってきた。

トワノライトからは馬車で数十分、歩いても数時間の距離だ。

色々と荷物が多いため、今回は馬車での移動だ。

乗合馬車ではなくて、ピーターが持っている自家用の荷馬車での移動になっている。馬だけを借りることができる仕組みがあるようだ。

「きちんと管理しないと、馬が瘴気にやられて魔獣になっちゃうの」

「あー……」

馬は賢くて強い。

魔獣になったときにとても厄介だ。コオリオオカミも、そういう意味ではかなり手強い魔獣だった……ポチのおかげで、ブラック・ウルフには遭遇せずに済んだのはラッキーだ。

「おっと、見えてきたよ」

麦畑や野菜畑に囲まれた道を進むと、小さな村が見えた。

村の周囲にはお気持ちばかりの柵や垣がぐるりとはりめぐらされている。

目立って大きな建物もない農村だ。

「このあたりの畑は全部、トオカ村の人たちが管理してるんだ」

「たいへんそうだね」

「もちろん、農繁期にはトワノライトからも助っ人が駆けつけるんだけどねー……それも村の人たちが報酬払ってるみたい。鉱山に出稼ぎに来てる人間が多いからこそね」

たしかに、農村という言葉やトオカ村の規模感からイメージするよりも畑の面積が広い。見えてきた村に暮らしているであろう人だけで、すべての作業を終えられるとは思えない。

今は比較的、畑に手がかからない時期——のはずだった。

だからこそ、アカキバボアに襲われた村を守るために割ける人員がいないのだ。農作物というのは、他の作業があったからといって放置することはできない。とても手間がかかるのだ。

「わうっ、わんっ！」

ポチが嬉しそうにしっぽを振る。

馬車から飛び降りて駆け出していく先には——。

「おっと！　アカキバボアだ！」

馬を操っていたピーターが叫んだ。

山から下りてきたアカキバボアが五匹ほど、畑に向かって疾走している。

罠を張る前に畑に入り込まれては面倒だ。

「あ、ポチさん!?　あぶないですよ!?」

サクラが制止しようとしたが、ユウキ以外に懐かないポチはもちろん無視して猛ダッシュを始めた。嬉しそうに駆けていくポチが、あっという間にアカキバボアの群れに襲いかかり――。

「うわぁ……ぐろい……」

一瞬で、コトが終わった。

ポチは楽しげに尻尾をふって、久しぶりのフレッシュミートにかぶりついていた。大物である。

弱肉強食、諸行無常。

ユウキは心の中で手を合わせた。

「ユウキ殿、ポチって一体何者なんだい？」

「えっと……ししょーにも、ないしょです」

「そうか、じゃあ俺が聞くわけにはいかないな」

一同、唖然だった。

アキノがぽつりと呟く。

「ねえ。これ、私たち必要……？　ポチだけでいいんじゃない？」

「そうですね、その……ポチさんも嬉しそうですし……」

「うーん、トオカ村の人たちだけになってもやってけるようにしないと意味がないからね……罠の設置まではしよう」

ピーターがぽりぽりと頬をかいた。

たしかにそうなのだけれど、「そうですね」とも言えない感をひしひしと醸し出していた。

村の入り口にやってくると、村人たちが今か今かと待っていた。

「ありゃあ、すげえ猟犬だなぁ……」

村人たちは遠目にわずかに見えるポチの勇姿にやや引き気味に感心していた。その中に一人、ひときわ上背の大きな男がいた。

スキンヘッドで、目つきが悪く、ついでに態度の悪い男。

「あっ」

トワノライトにやってくるときに、乗合馬車で一緒になった男だ。

そして、路地裏で倒れていたサクラから身ぐるみ剥ごうとしていた――マイティだ。

スリ師三人組のうちの一人。

ほかの二人は見当たらない。

というか、彼らがどうしてこの村に？

「あ……？」

不機嫌と不信感を隠そうともせずに、マイティが舌打ちをした。

「な、な、坊主、なんでお前がここに来たんだよ」

威嚇しつつも、明らかにユウキに対して怯んでいる様子だ。

前回はたまたま大事にならなかったけれど、こうして並んでみるとフィジカルの格の違いが際立つ。

（いやいや、こっちのセリフなんですけど）

マイティは、ユウキたち一行を値踏みするように睨む。

「ったくよぉ、俺たちは魔獣退治ができる腕利きを頼んだんだ、ガキと女とおっさんの寄せ集めは帰れや」

イキった中学生のような言い草であった。

（えええ……気まずいよ、これは）

ユウキが戸惑っていると、ピーターが割り込んでくれた。

柔和な笑みには有無を言わさず「オトナの話をしよう」という圧が感じられた。マイティがピーターの圧に負けて、口をつぐんだ。

やっぱりすごい人だ、とユウキは感心した。

どうやら何故か村人を代表しているらしいマイティが、ピーターと話をし始めた。

近くで聞き耳を立てる。

どうやら、スキンヘッドのマイティはこの村の出身らしい。

「トワノライトでやってた仕事をクビになって、田舎に帰ってきてみたらコレだ……ったく、たまたま俺様がいてよかったなぁ」

「へえ、それじゃアカキバボアを追い払った腕の立つ勇敢な若者っていうのは、もしかして君なのかい？」

「ま、まあな！」

大げさに褒めそやすピーターの言葉に気をよくしてふふんと自慢げに鼻を鳴らすマイティに、周囲の村人はクスクスと笑っている。

嫌な感じの笑い声ではなくて「あの子が大きくなって」というタイプの声色だ。巨体のマイティだが、村人にとっては近所の坊やだったのだろう。

ごほん、と大きな咳払いでマイティが村人のおじさんやおばさんを黙らせようとするが、上手くいっていないようだった。

「昔から悪ぶってたけど、ガキ大将気質なんだよねぇ……張り切っちゃってまぁ！」

「困ったところもあるけど、頼もしいもんだね、マイちゃんは」

「な、なあ！　今、俺は大事な話してるんだって！　あとマイちゃんはやめろってずっと言ってるだろうが！」

むくつけきスキンヘッドであるマイティが、ふくれつらで文句を垂れる。

まるで悪ガキそのものな仕草に、ピーターが愉快そうに笑った。

「ははは、村の皆さんからの人望が厚いなぁ」

「そ、そうか？　まあ、昔から泥棒やっつけたりしてたしな？　ま、まぁ家出してからは俺の方が……ごほん！　まあいい、やつらをやっつける罠の話だ！」

「はい、その件ですが――」

順調に商談が進んでいる間に、アキノが馬車から積み荷を降ろしている。

ちなみにポチはいまだにお食事中だと思われる。

手持ち無沙汰になったサクラがおずおずとユウキに耳打ちしてきた。

「あの……さっきの方、私を見てなんだか変な顔をされてましたけれど……」

「あ、えっと」

ユウキは口ごもった。

伝えるべきか、伝えないべきか。

サクラに変に不安を与えるのもうまくない。

どうしようかしら、と迷っていると村の入り口にもう一台の馬車がやってきた。中から降りてきたのは、髭の男とトンガリ帽子だった。

彼らにマイティが「げっ！」と声をあげる。

「アベル、スティンキーっ⁉」

トンガリ帽子のスティンキーが、へにゃりと笑った。

その横でアベルがむすっとした顔で腕組みをしている。

「よかった！　やっぱり村に帰ってたんだ」

「なんだよ、俺はクビだろうが」

「マイティ、話はまだ終わっていないぞ」

「はぁ？　いや、勝手なことするなら出ていけって……」

「勝手なことをするな、という話をしていたんだ！　出ていけという話をしたわけじゃない！」

マイティに食ってかかるアベルを見た村人たちが、またニコニコとした。

「おやおや、マイちゃんのお友達？」

「ち、ちがう！　仕事仲間だ！　あとマイちゃんはやめろって！」

もう、めちゃくちゃである。

これはもう、誰かがまとめないとどうしようもない。

頼みの綱のピーターは、マイティとの商談が終わった途端に周囲を村人のおじさまおばさまたちに取り囲まれていた。

狩人やミュゼオン教団関係者はともかく、トワノライトからやってきた「お手伝い屋さん」というのは物珍しいらしく、あれこれと質問攻めにされている。

アキノはすでに積み荷を降ろし終わって次の作業に取りかかっているし、サクラはおろおろとしている。

ユウキは悟った。

俺しかいない、この場所をおさめられるのは。

「あ、あ、あのっ！」

六才児の声に、オトナたちが振り向いた。

「これ、どういうじょーきょーなんですかっ！　せいりさせてください」

◆

つまりは、こういうことだった。

ユウキの荷物をひったくりそこねた日。路地裏に倒れていたサクラから身ぐるみ剥がそうとしたマイティに対して、アベルは改めてぶち切れた。いわく、

『俺たちがやるのは、裕福そうな旅人からちょっとばかり路銀や食べ物を拝借する〝再分配〟だ。倒れてるミュゼオンの見習いから身ぐるみ剥ぐことじゃない……そんな馬鹿な考え、二度と起こすなよ」

そう主張するアベルと衝突し、マイティはトワノライトを離れた。

この世は弱肉強食だ、どうして弱いやつから奪って悪い。

だが、心の奥底では分かっていた。

本当にこの世が弱肉強食ならば、あの路地裏でマイティはやられていたはずだ。

あの子どもは、マイティよりずっと強かったのだから。

行く当てもないし、故郷であるトオカ村に魔獣が出たという噂を聞きつけたのもあって里帰りをすることにしたのである。

腕っ節ひとつでアカキバボアを撃退したマイティは、あれよあれよという間に村の青年会の魔獣対策チームのリーダーに祭り上げられたというわけだ。

対策チームに呼ばれてやってきたミュゼオン教団のサクラとお手伝い屋であるピーターたち一行。

そして、逃げ出したマイティを追いかけてきたアベルとスティンキー。

それが偶然にも鉢合わせをしてしまったわけだ。

「ほら、ちゃんと謝れ」

アベルに促されて、マイティがサクラに頭を下げた。

「……すまなかった、二度としない」

「い、いえ！　私は覚えていませんし！　というか、むしろユウキ様に助けて頂くきっかけになったというか……むしろ感謝です！」

「いや、感謝にはならないだろう」

「へへ、俺たちが縁になったって……なんだか嬉しいな、アベル」

「スティンキー、お前は脳天気すぎるんだ。だから能力があるのに蔑まれるんだぞ」

そばで聴いていたアキノが、耐えかねたようにツッコミを入れる。

「いやいや、スリも追い剥ぎもダメでしょ！」

本当にそう、とユウキは思った。

しかも、この人たち隙がありまくりだし……いつかもっと怖い人にボコボコにされてしまうのではないだろうか。

「……まあな。つーか、若い頃は腕っ節で名を上げてやるんだってトオカ村を飛び出してぶらぶらしてたけどよ……この村にも、俺の腕っ節が必要なのがわかったし、しばらくはここにいることにするぜ」

マイティの言葉に、村人たちがほっこりとした笑顔になる。

うんうん、とユウキは頷いた。ともあれ、まっとうに生活するようにしてくれたのならば、いいことだ。

「いい話風にまとめてるが、その坊主に力負けして腰抜かしただけだろ」

「え、ぼく？」

「アベル！　ち、ちげーよ、別に俺はビビってねぇし」

「マイティ、気持ちはわかるよ。俺、あの犬が怖くて何日かうなされちゃったもん」

笑うスティンキーの背後で、お食事を終えて村にやってきたポチが吠えた。

「わんっ！」

「ぎゃあああっ！」

腰を抜かしたスティンキーが、マイティの影に隠れてしまった。

ユウキは焦った。

なにって、ビジュアルがよくない。

ポチの口のまわりが「今まさにお食事を終えてきました」という状態になっているのだ。

「ポチ、おどかしちゃだめだろ」

「わふわふ」

魔獣の王フェンリルとしての面影はなく、可愛い柴犬ほどの大きさとはいえ鳴き声はそれなりに迫力があるのだ。

「で、あんたたちがアカキバボアの対策をしてくれるって？」

トオカ村青年会魔獣対策チームのリーダーであるマイティの問いかけに、アキノが大きく頷いて、持ってきた大きなネットを広げてみせる。

これをすでに村人が立ててくれている畑の周囲の柵に絡ませるそうだ。

柵はアカキバボアの突進力の前では無力で、あちこちが破壊されているので修復作業も同時に進めなくてはいけない。

「討伐は難しいけれど、とにかく畑に侵入しないように罠をしかけることはできるわ」

「振動によりアカキバボアが嫌がる光と波動を出す仕組みです。エヴァニウムのクズ石を使っています」

ピーターの説明に、村人たちが感心の声を漏らす。

「ほほぉ〜」

ネットには小さな電球のようなものが絡みついている。

マイティが「こんなもんで化けイノシシが倒せるか？」と文句を言いながらネットを広げている。危険察知能力に長けていて、手先が器用なスティンキーが「危ないよ」と声をあげた。

「アカキバボアがネットに触れると、微弱な魔力波が出ます。ビリッと！」

「ぎゃっ！」

アキノの説明にあわせて、まるでデモンストレーションのようにマイティが倒れた。微弱とはいえ、アカキバボアを追い払える程度の威力はあるのだ。

「こりゃすごいな……」

「実はユウキさんから教わった方法なのよ」

アキノの言葉に、村人からの注目が集まる。

六才児の発案だが、威力はさきほどマイティが身をもって体験してくれている。

屈強なマイティが、いつも簡単に卒倒したのだ。インパクトは強い。

「よく考えるなぁ……さすがミュゼオン教団で一等すご腕の見習いさんが連れてくるだけあるよ」

「ホントにねぇ」

「あ、あはは……」

ユウキとしては、別に何もしていないので褒められても困ってしまうのだけれど……まあ、いいか。

(田舎のじいちゃんが電流が流れる柵使ってたから、その話をしただけなんだけどね！　仕組みを考えたのはアキノさんだし！)

電流が流れる仕組みのほかに、ポチの匂いを残してアカキバボアが寄りつかないようにしたりと、色々と組み合わせて対策をするつもりだ。

アカキバボアの生態は、ほとんどイノシシと変わらない。より力が強く、身体が大きいだけだ。本来、イノシシは臆病でおとなしい動物だ。驚かせて追い払うこともできるはず。

とにかく「村人だけになっても対処ができる」状態にすることがピーターの考えの根幹だった。

「まあ、なんていうか……英雄がいなくなってから、あれこれと問題が噴出しちゃ意味がないんだよ」

なんて、含みのある言い方をして。

罠の設置は村人総出で行われた。ユウキは村の子どもたちと一緒に、低い位置の網を固定する作業などをした。

終わり次第、まわりの大人たちの応援をする。

スリ師三人組も汗水を垂らして体を動かしていた。

「お疲れ様です、マイティさん」

「うが⁉」

サクラがマイティに魔力を譲渡する。

相手の手を握って、不思議な歌を口ずさむ。これがミュゼオン教団の魔力譲渡による癒やしの秘術らしい。ユウキは無意識に行っていたことだが、本来は複雑な呪歌を覚えなくてはいけない技術らしい。

「うお⁉　なんだこれ、すげぇ元気になってきやがった」

「ふふ、よかったです。とても頑張っていらっしゃるので」

「お、おい。別に頼んでねぇぞ？」

「でも、ずっと休憩されていませんよね？　ムリしちゃいけませんよ」

にっこりと笑うサクラにマイティはすっかり困り果てる。

「なあ、あんたさっきの話聞いてたか？　俺は……行き倒れているあんたから、持ち物やら何やらを身ぐるみ剥がそうとしたんだぜ？」

「はい。でも、実際はそうはされませんでしたし、今後もしないでしょう？」

「そのつもりだが……嬢ちゃん、あんた本当にお人好しだな。立派な聖女様になるぜ」

「いえ、立派だなんて！　私なんてクズ……、いえ。なんでもないです。自分を貶めてはいけないって、ユウキさんに教えてもらったのでした」

ピーターとアキノの人当たりのよさ。

マイティたちはじめ村人たちの働きと、サクラのサポート。

何かわからないことがあると、なぜかみんながユウキに判断を仰ぎにやってくる。どうして六才児の自分に、と不思議に思うユウキだけれど、どうやらアカキバボアを撃退する罠の仕組みを考えた神童という扱いをうけてしまっているようだった。

「ごみはぜんぶかたづけてね？　え、そとにおちてるボアのほねは……そのままにしておいて。こわがって、まじゅうがちかづかなくなるよ」

ポチの食べてしまったボアの骨も有効活用しよう。

師匠であるルーシーに教わった魔獣対策を思い出しながら、村人たちにあれこれとお願いごとをしていく。

山から下りてくる獰猛なアカキバボアに怯えていた村人の表情が、畑を守る罠や柵が完成して行くにつれて朗らかになっていく。

「よし、山側の罠は完成だ！」

マイティが拳を突き上げる。

ほとんど日が暮れてしまった。かがり火を焚いての作業だ。

ポチが村の外をパトロールしてくれているので、山からアカキバボアが降りてくる気配もない。

順調な作業に興奮した村人たちが、さらに作業を続けようとする。

「夜通し作業して、とっとと完成させようぜ。明かりを焚いて寝ずの番を立てて――」

「まって、まって！」

ユウキがあくび混じりで止めに入った。

「よるは、ちゃんとねたほうがいいよ」

「ん？　心配するな。坊主は寝てていいぜ、見習いの嬢ちゃんもだ。仕事は大人にまかせて――」

「そうじゃなくて……まじゅうがげんきになっちゃうからね」

これはイノシシと戦っていた田舎のじいさんと、この世界の師匠であるルーシーから叩き込まれたことだった。

夜行性の魔獣は存在する。

でも、人間が魔獣を夜行性にしてしまうこともあるのだ。

村を挙げて明かりを焚いていれば、夜は眠っているはずのイノシシ――アカキバボアも夜中に活動が可能になってしまう。

人間が安心するために焚く明かりが、むしろ魔獣を引き寄せる結果になってしまうのだ。

「ひをたいてると、まじゅうがおきてきちゃう」

「なるほど……」

だからこそ、近くにいる魔獣がどんなやつらなのかをよく知らないといけないのだ。

平原にはブラック・ウルフの群れが生息しているというから、火を焚くならばそちら側がいいだろう。それも、なるべく山側には光が漏れないようにしたほうがいいのだ。

「よし、明かりを落とそう」

マイティの合図で村人たちが動き出す。

スティンキーが心底感動したように頷いた。

「坊主、すげぇなぁ……山のことが手にとるようにわかるじゃねえか」

それはそうだ。

街のことよりは、山のことほうがよくわかる。

「そうだね。ぼく、やまそだちなので」

◆

翌日、畑の周囲をぐるりと囲う柵が完成した。

ほっとした表情の村人たちが微笑みあっている。

「みなさん、お疲れ様でした」

作業中に怪我をした人や疲れ果てて具合が悪くなった人に、サクラが魔力を譲渡して回っている。

マイティが巨体を縮こめるようにして、サクラを気遣った。

「おい、嬢ちゃん。あんまり無理するなよ」

「大丈夫ですよ。皆さんこそお疲れ様！」

ピーターとアキノは、作業を通してすっかり村人から信用を得たようで、あれこれと振る舞われている。

「今度の収穫期には手伝いに来てくれよ」

「ああ、それがいい。祭りにも参加してくれよなあ」

「手伝い屋なんて、おもしれぇこと考える。さすがはトワノライトの人だ」

「ははは、手際がいいのは娘のおかげですし、罠のアイデアもユウキ殿のものですからね」

「そうよ。こんなに魔獣に的確に対処できるなんて、狩人でもなかなかいないわ……あいつら、腕っ節ばっかり鼻にかけるし」

アキノの言葉に、村人たちがどっと湧いた。

どうやら、腕っ節を鼻にかける魔獣狩りというのは「あるある」のようだ。

寡黙なルーシーは例外的な性格だったのかもしれない。

（んー、色んな人に協力してもらえば、子どもじゃできないようなことも達成できるんだな）

完成した柵を眺めて、ユウキはひとつメモをした。

この世界のオトナとして生きていくには、やはりルーシーやマイティのように魔獣とタイマンを張ることができないといけない——そう思い込んでいたけれど、他の道もあるかもしれない。

（なんか、魔力とかは人より多いみたいだし、なんとかなりそうだな）

大きな仕事を終えて、少し自信がついてきた。

「わん！」

「ポチ！　パトロールごくろうさ、ま……うわ」

「わっふ、わふ！」

「あ、ありがと」

やたらと大きな骨を咥えて帰ってきたポチである。

おそらく美味しくいただかれてしまった、昨日のアカキバボアだろう。

骨を受け取って、畑の片隅に埋めておく。

なむ……とそっと手を合わせた。この世は弱肉強食というのは、自然界では紛れもない真実だ。

とりあえず村人たちが弱肉側に回らないように、手は尽くした。

アカキバボアの本格的な駆除は、あとからやってくる英雄グラナダスと肩を並べた程の腕前だという狩人に任せよう。

「よう、坊主」

　ユウキの足がふわりと地面から浮いた。

「まいてぃさん」

　村人の輪から抜け出してきたマイティが、ユウキを抱き上げて肩に担ぐ。

「うわわっ⁉」

「……あのとき、坊主が俺を止めてくれなきゃ、今頃こうしてなかった」

　背の高いマイティの肩に腰掛けていると、いつもよりずっと見晴らしがいい。

「ありがとな。気味の悪いガキだと思ってたが、坊主は俺の恩人だ」

「え……？」

「強い奴は何してもいいって思ってたが、強いからこそ他の連中にしてやるべきこともある」

　マイティが少し照れくさそうに言った。

「……そういうの、ダセぇと思ってたが……お前にしてやられてから、考えが変わった。故郷に帰ってきて、まあ、悪くねえと思ったんだ。だから、恩にきるぜ」

「そっか。うん、どういたしまして」

　顔は怖いが、本質的には嫌な人ではないことはわかった。

　これからは悪いことに手を染めないでほしいけれど。

「ところで……あいつら、どこ行ったか知らねぇか？」

「え？　あいつらって……」

マイティが探しているのはスリ師三人組の残りの二人だろう。

ユウキはきょろきょろと周囲を見回す。

わいわいとお祭り騒ぎになったトオカ村から、そっと立ち去ろうとする人影があった。

人影は馬車に近づいていく。アベルだった。

マイティに知らせると、ユウキを肩に乗せたままで慌てて駆け出した。

近くまでやってくると、スティンキーの声が聞こえてくる。

「お、おい！　アベル！　俺らも一緒に帰るってば」

スティンキーが馬車に乗り込もうとするアベルを引き留めようとしているが、げしげしと足蹴にされている。

「だーからー、しつこいぞ。もうお前らとは組まない」

トレードマークのトンガリ帽子がずり落ちそうになって、スティンキーは半べそになっている。

「おい、アベル！　どこ行くつもりだよ！」

追いついたマイティが、スティンキーと同じようにアベルに食ってかかろうとするが、アベルは聞く耳すら持たずに馬車を走らせた。

ユウキを肩に乗せたまま、マイティは馬車を追いかける。

(うっわわ、すごい揺れる!)

舌を噛まないように黙っているしかない。猛ダッシュでの追跡である。

だが、アベルは追いすがってくる二人を、振り返らない。

スティンキーが叫んだ。

「なんでだよぉ、俺たち仲間だろ?」

アベルは、答えない。

苛立ったマイティが馬車を片手で掴む。バランスが崩れて驚いた馬が嘶いた。

フタコブホースならばものともしないだろうが、マイティの膂力はただの馬を怯えさせるのに十分なようだ。

「おい、手を離せ!」

「うるせえ、アベル。いちいち命令すんじゃねーよ! 勝手に俺を追いかけてきて、勝手に村のこと無償で手伝って、それで勝手に俺たち置いて帰るだぁ? いつも自分勝手に俺たちのこと振り回しやがってよぉ、ゴロツキやってた俺たちを拾ったのも、気まぐれだったのかよ!」

「そうだよぉ、いつか人殺しになる前にもうすこしマシなゴミになろうって……仲間だと思ってたのに!」

「それは……」

マイティとスティンキーの言葉に、アベルが少し沈黙する。

「……それは、過去のことだ。もう仲間じゃない。お前らには居場所があるだろ」

「え？」

「居場所がある奴は、俺の仲間じゃないよ。帰って真っ当に暮らせ」

マイティとスティンキーが顔を見合わせる。

作業中に村人たちが話しているのを小耳に挟んだのだが、マイティとスティンキーはこの村で育った悪ガキだったそうだ。乱暴者のマイティが子分だったスティンキーを連れて村を飛び出した。

あいつはいつか人を殺してしまうのでは、と村人たちは眉をひそめていたのだという。

それが今回、ふらりと戻ってきた彼らが、マイティの恵まれた体格とスティンキーの手先の器用さを村のために使ってくれたのが、当時を知る人たちにとっては本当に嬉しかったそうだ。

「……マイティ。お前がゲスなことに手を染めないでよかったよ。故郷のこの村で体を動かしてるほうがずっと伸び伸びしてる」

「それは……俺もそう思うけどさ！」

「だから、ここでお別れだ。真っ当に生きな」

アベルが目深に被っていたフードと付け髭を剥がした。

小柄な男に扮(ふん)していた姿が、極めて目つきの悪い女に様変わりする。

前髪を上げて、白濁した眼をあらわにした。

他人の才能を見抜く、特別製の眼だ。

「……今まで黙ってたが、俺はミュゼオン教団の聖女見習いを足抜けしたゴロツキだ。今まで男のフリして騙してて悪かったな」

「え？」

「あ？」

マイティとスティンキーが顔を見合わせる。

「騙してって……男のフリってこと」

「いや、悪いんだが……知ってたぞ」

「えっ！」

「隠してたのか？」

「か、隠してた……っていうか、付け髭まで付けてただろ」

「そういうファッションの趣味なのかと」

「ええええっ⁉」

馬車の上のアベルの顔が真っ赤に染まっていく。

たすけて、というようにユウキを見つめるアベルであった。

「ぼ、ぼくはきづかなかったです」

「そうか、そ、そうだよな⁉」

ふるふると震えているアベルが、少しだけホッとした表情になる。

「と、とにかくさ。俺はこの眼と借金のせいでミュゼオンの奴らから追われてるんだ。あいつらの陰湿さは舐めちゃいけない……お前らを巻き込みたくないいんだよ！」

「でも！」

「……この眼で見ればわかるんだ。お前らの能力、一緒に仕事を始めたときよりもずっと良くなってる。その力、故郷のために使えよ……帰る故郷があるんだからさ」

アベルがぱし、と鞭打って馬を走らせた。

「あ、おい待てって！」

どんどん遠ざかっていくアベルの馬車を見送る。

マイティとスティンキーが肩を落とす。

「まあ、いつかどこかで会えるよな」

「そうだなぁ……だが、アベルがミュゼオンの足抜けだったとはな」

苦労しただろうに、とマイティの声色が暗くなる。

どうやら、足抜けした教団メンバーはかなり陰湿に追いかけ回されるようだ。

「……それで、見習いから盗もうとしたときにあんなに怒ったのか」

「いやいや、マイティ……そうじゃなくても倒れてる人から追い剥ぎはダメだって」

どうやら、ミュゼオン教団というのは上納金を納めずに足抜けした人間をどこまでも追いかけていくらしい。

それだけではない。

内部での対立が激しく、目の敵にされてしまえば最後、あの手この手で嫌がらせをされるのだという。

魔力を譲渡する秘術を授けるかわりに、貧しい女子を教団の聖女として養育、養成する……という綺麗事を並べつつ、入団してきたら最後。規律や上納金で締め付けをおこなって、所属している女たち同士を強く対立させている――それがミュゼオン教団のやり方らしい。

「そなんだ……サクラさん、だいじょうぶかな」

「いやあ、正直……あんな性格のいい子が教団でやってけるとは思えねぇよ」

「だなぁ……とはいえ、上納金の何倍も支払ってやっと教団から独立できるって話だから、普通は無理だよ」

嫌な話だ。

一度借金を背負ってしまったら、そこから抜け出すことはほとんど不可能ということなのだから。

ユウキはサクラの将来を思って暗い気持ちになってしまった。

たったひとりで村中をサポートしているのだから、彼女の魔力量についてはきっと人一倍すぐれているのだろう。そして、何より優しくて……異様に卑屈なところが鼻についたけれど、それを必死になおそうとしている。

（オトナの社会って、やっぱどこも厳しいよなぁ）

マイティの肩に乗ったままで、ユウキは溜息をついた。

……トオカ村のざわめきに悲鳴が混ざり始めていることに気がついたのは、少しあとのことだ。

◆

「ふぅ」

村人たちの歓迎から離れて、畑の片隅に座り込む。

ようやく、サクラは一息ついた。

人間が好きで、誰かの役に立てるのは嬉しい。けれど、やはりたくさんの人に囲まれるのは少しだけ緊張するし、疲れてしまう。

ぐぅっと伸びをする。

たった一人で魔獣に襲われた村に行くように命令されたときには、正直不安でいっぱいだった。

だが、結果は大成功。

……ユウキたちを頼ってよかった。

「あんなにお小さいのに、ユウキ様は……私も頑張らなくちゃ」

そろそろ村に帰って、魔力の続く限り体の弱っている人たちの治癒をしようとサクラは立ち上がった。

そのとき。

サクラは自分の周囲に武装集団がいることに気がついた。

逆に言えば、そのときまで気がつかずにいたのだ。忍び寄られた。

サクラは思わず、身を固くした。

「え……？　あの？」

集団の中心にいたのは、時代錯誤なほどに古い鎧を纏った白髪の男だった。

魔王時代に流行した、武勲を誇る派手派手しい鎧である。

サクラはその姿に見覚えがあった。

傭兵王ブルックス。

腕の立つ人間たちに片端から声をかけて、魔王時代に多くの武勲を立てたという兵士だ。

その実力は、魔王を散らした伝説の英雄グラナダスと並び立つほどだった——と本人は言い張っているが、ライバル意識をこじらせていただけだろうというのが多くの人の評価だ。

ブルックス傭兵団は、しばらく前はトワノライトを拠点にしていたはずだ。

「よぉ、ミュゼオンの見習いさんかね？」

「は、はい。サクラ・ハルシオンと申します。あ！　もしかして、トオカ村の魔獣討伐にいらしたのですか？　なら、今みなさんにご紹介を――」

「いや、必要ない」

「え？」

ごつん、と。

鈍い音とともに、サクラの視界がブラックアウトする。

足から力が抜けて、音が聞こえなくなる。

死ぬかもしれない、と恐怖する間もなく、サクラの意識が遠のいていく。

「……っ？」

「正義感をこじらせた見習いさんは、勝手に山に押し入って……魔獣どもを下手に刺激して村をめちゃくちゃにしてしまいましたとさ」

ブルックスのしゃがれ声が聞こえる。

何を言っているのだろう。

「雇い主からこういう台本を貰ってるんだわ、悪いねえ」

――ぶつ、と。

サクラの意識が途絶えた。

たすけて。

呟けなかったその言葉。

脳裏に浮かんでいたのは、ユウキの姿だった。

十一、お母さんは大英雄

トオカ村が騒ぎになっていた。

ミュゼオン教団の見習いが行方不明になってしまったのだ。

「ユウキ殿！　よかった、探しましたよ」

マイティたちと一緒に、村の外れから戻ってきたユウキをピーターが抱きかかえた。

サクラが行方知れずになった……なんだか、嫌な予感がする。

嫌な予感というか。

首筋が、ちりちりするというか。

子どもの第六感、というのだろうか。

ユウキはきょろきょろと周囲をうかがう。

自分の感覚を大切にしろ。嫌な予感があるときには、何か異変があるはずだ――それがルーシーの教えだった。

「もしかして、一仕事終えて帰っちまったのかねぇ……マイティのお友達の髭のおちびも見当たらないし」

「あの子は、黙ってどこかに行くような子じゃないわよ」

アキノがカリッと親指をかむ。

何か手がかりがあれば追いかけられるのだろうが、サクラの足跡などわかるはずもない。

どうしたものかな、とユウキが腕組みをしていると。

「なあ、あれはなんだ？」

村人のひとりが山の方を指差した。

山の向こう側から、煙があがっている。

「や、山火事か⁉」

「ちがう、あれは……」

見覚えがある煙の色だった。

何本も、山の中から立ち上っている。

魔獣たちが嫌がる匂い――今回、ユウキが考案したアカキバボアよけの仕掛けに使ったポチの糞(ふん)みたいなものを、山の中で焚く。

「いぶりだしだ！　まじゅうをやまからおいだすやつ！」

すると、どうなるか。

他の魔獣たちが山から一気に出て行くのだ。

あの山は瘴気溜まりになっていて、アカキバボアが大量発生しているわけで。この次に起きることは――山からこの村に向けてアカキバボアの群れが駆け下りてくる、大惨事だ。

隠れている魔獣を誘き出す方法としてルーシーから習ったことがあるが、その際に念押しされていた。

絶対に、人里の近くでは使うなと。

「だれがこんなことしてるの⁉」

やばい、やばいって。

絶対にこの状況はマズいし、もっとマズいのはこれが山の中にいる悪い奴らによって人為的に起こされていることだ。

「うわ、燃え広がったぞ⁉」

「違う、あれ……土埃だ、魔獣がこっちにくる！」

村人たちから悲鳴があがる。

スティンキーが、ユウキに縋り付く。

「なあ、坊ちゃん。あれ、どうにかならないのか⁉」

はぐれて村に降りてきたアカキバボアが畑に侵入しないように追い返したり、寄せ付けないようにしたりするのに柵もネットも有用なはずだ。

けれど、大群の、しかも興奮したアカキバボアに突撃されたらひとたまりもない。

そのとき。

マイティが雄叫びを上げて、村にある武器を手に取った。

トオカ村青年会魔獣対策チームの若い男たち、血気盛んな女たちがマイティに続いた。

はっ、と我に返ったスティンキーが言った。

「い、今から少しでも罠と柵を補修できないかな⁉」

「少しなら資材が残ってる、すぐに補修できるようにしよう！」

作業の早いスティンキーの呼びかけに、アキノが応えた。

「くそ、魔獣狩りはまだ到着しないのかよ！」

「こんなときに、なにグズグズしてんだ……！」

パニックを起こしかけている村人たち。

「みんな、落ち着いて！　動けない人はいないか？　子供たちを避難させるぞ！」

ピーターが声をかけて、
子どもたちを荷馬車に乗せて少しでも遠くに避難させる段取りをつけていく。

みんな、さすがだ。

ユウキは頭をフル回転させる。

（ど、どうにかしないと……っていうか、こんな状況でサクラさんはどこに⁉）

アカキバボアの群れの突進に巻き込まれていたら、サクラの身が危ない……と焦っていると。

わふ、とポチが鳴いた。

ただ、鳴いただけではない。喉を整えるような咳払いだ。

わふわふと鳴きながら、ユウキに視線を送ってくる。

「な、なに……？」

キラキラと光る瞳。

今こそ、俺の出番だといわんばかりの圧を発している。

「……わんっ」

そのとき。

ユウキの頭の中に、ポチの言葉が響いた。

こいつ、飼い主の脳内に直接語りかけている。

──本気、出していいですか？

喋れるのか、ポチ。

ユウキは少し驚きつつも、頷いた。

「もちろんっ！　ポチ、たのむっ」

「ワゥ」

キラッ、とポチの瞳が光った。

そして、大きく息を吸い込むと──地平線まで響き渡るような遠吠えが響いた。

「ウォオォーーーッ」

「わっ」

びりびりびり、と鼓膜が音を立てるほどの遠吠え。

ユウキは思わず耳を塞いで、目をつぶる。

何度も遠吠えがあがる。

「な、どうしたんだよ、ぽち……?」

発情か、発情なのか?

今、このタイミングで?

戸惑いつつ、至近距離での大音量に耐える。

何度目かの遠吠えが終わり、しん……と静寂が訪れて、ユウキはおそるおそる目を開けた。

目の前が、真っ白だった。

なんとなくひんやりとした、空気――生まれ育った魔の山の空気を感じる。

「ゆき?」

目の前の白いふわふわに、手を触れる。

「ワフッ」

「えっ、ポチ⁉」

ユウキの視界いっぱいを白く染めていたのは、ポチの毛皮だった。

見上げてみると、巨大な獣がそこにいた。

ヒグマぐらいある、大きくて白くて、かっこいいオオカミ――魔獣の王フェンリルだった。

「うわああ、ポチ！　かっこいいじゃんっ」

「わふっわふっ！」

ユウキの歓声に巨大なフェンリルが喜んでぐるぐるぐるとその場で回る。

こわい、こわすぎる。

ポチでなければ泣き叫んでいるところだった。

「乗れって……？」

お座りの姿勢になったポチが、ぐるると唸って頷いた。

ちょっと躊躇いつつ、ユウキは地面を蹴る。

お座りをしているとはいえ、ユウキの身長よりもはるかに高い座高のポチだった。跨がるにはちょっと本気のジャンプが必要だ。

「おおお……みはらしがいい」

マイティの肩に乗っていたときよりも、まだ視点が高い。

なかなか気分がいいものだが……山からアカキバボアの群れが駆け下りてきて、一目散にこちらに向かってくるのがよく見えてしまった。

「ウォオオオーーーーッ！」

またひとつ、ポチが遠吠えをする。

ポチがくるりと山に背を向けた。

反対側に広がっているのは、トワノライトへと続く道――の奥に広がる平原だ。馬車で一昼夜走ったもっと先には、ユウキの育った山がある。

その平原に黒い影がみえる。

馬車を襲撃する、運送組合の悩みの種。

「……ブラック・ウルフ！」

山にいたコオリオオカミたちと比べると、かなり小さい。ユウキが知るオオカミと同じような体躯をしているが、獰猛さでは引けを取らない魔獣だ。

その群れがこちらに向かって走ってくる。

「い、いやいやいや！」

絶体絶命すぎる。

前門の虎後門の狼ならぬ、前から突進してくるアカキバボア、後ろから猛攻してくるブラック・ウルフである。最悪だ、こんな状況。

ブラック・ウルフは風のように駆け、人や家畜を襲う――獰猛さ以上に、その素早さに注意をするべき魔獣である。師匠であるルーシーからは、そう聞いている。

あっというまに村に迫ったブラック・ウルフたちに気がついた村人たちが悲鳴をあげた。アカキバボアだけでも、決死の覚悟で追い払おうとしていたのに。

なんで、今このタイミングで……と、思ったところで。

ユウキは気がついてしまった。

「ポチ、おまえか⁉」

「わふっ」

さっきの遠吠えで、ポチがブラック・ウルフを呼び寄せたのだ。

ブラック・ウルフたちは、トオカ村をスルーしてアカキバボアたちの群れに突っ込んでいく。

魔獣と魔獣のぶつかり合い。

簡単に決着がつくはずもなく——アカキバボアの前線が崩れた。

トオカ村から歓声があがる。

「白い狼……あれはユウキ殿が手なずけてる魔獣なのか？」

「すごい！　あんな年齢で魔獣使いなんて！」

どやぁ、とポチが胸を張る。

子分にしたブラック・ウルフたちにアカキバボアを任せて、ポチがふんふんと鼻を鳴らしながら駆けだした。

何かの匂いをたどっているようだ。

「あっ、もしかして、サクラさんを探してくれてる？」

「わふっ！」

ポチは迷わず、山へと駆け出す。

魔獣たちを山から追い出すほどの臭気を発する煙幕をものともせずに、ポチは駆けていく。

つよい犬だ。

アカキバボアとブラック・ウルフの乱闘をすり抜けて、山に近づいていく。

振り返ると、トオカ村のほうではブラック・ウルフの牙をすりぬけて到達してきたアカキバボアが罠によってきちんと無力化されているようだった。

弱ったところを、マイティ率いる村の青年会魔獣対策チームたちがきっちりと捕らえている。

いいチームワークだ。

（よかった……あれなら大丈夫そうだね！）

乱暴者で困った奴として有名だったというマイティだけれど、こういう活躍の場が用意されたときにはこの上なく頼もしい奴だったわけだ。

サクラの匂いを追跡するポチの走る速度が上がっていく。

◆

山の中に分け入っていくと、ポチがぜぇぜぇと息苦しそうにし始めた。

魔獣の王といえども、燻（いぶ）り出しの煙は辛いようだ。

「むりしないで、ポチ」

「わうぅ……」

「かなり深く分け入ってきちゃったもんな……」

燻り出しは山の向こう側で焚かれている。煙の匂いがユウキにもわかるくらいに濃くなってきて、迷わずに進んでいたポチの足取りが重くなってきた。

サクラの匂いを追うのが難しくなってきたらしい。

……本気になれば、フェンリルにこんな煙幕は通用しない。

コオリオオカミやブラック・ウルフたちを眷属として使役する、咆吼ひとつですべてを凍てつかせ、破壊する魔獣の王だ。

だが、本気を出せばこの山は氷漬けになってしまう。

連れ去られ、この山のどこかにいるであろうサクラもカチンコチンだ。

むしろ瘴気もアカキバボアも乗り越えた畑すら氷漬けになってしまうかもしれない。そうなれば、収穫どころではなくなってしまう。

だからこそ、ポチは本気をだせないでいるのだろう。

（っていうか、視界も悪くなってきたな……降りたほうがいいかも）

ユウキはポチの背中から飛び降りる。

位置が低くなったことで、多少は視界がよくなった。

「わうっ」

ポチがじっと一点を見つめて吠える。

「あっちにサクラさんがいるんだね」

ポチに「まて」を命じて、ユウキは山を登り始める。すでにもう頂上近い。

煙幕の向こう側に、人影が見えた。

ととと、と山の斜面を駆け上がる。うん、懐かしい感覚だ。

平地や石畳を歩くよりも、走りにくい山の斜面のほうがずっと楽に走れるのだから変な話である。

「サクラさん、そこにいるの?」

何度かサクラの名前を呼ぶと、小さなうめき声が聞こえた。

間違いなくサクラの声だ。

それと同時に、低いしわがれ声も聞こえてきた。

「なんでこんなところに、ガキがいる?」

「え、っと」

目をこらす。

煙幕の向こう側から、やたらと立派な鎧をつけた男が現れた。

身なりは小綺麗だし、口元には薄笑いを浮かべている。

けれど、とても嫌な感じがする。

「あの、そこにいるひと、たぶん……ぼくのともだちで……」

「この見習いさんか？」

男が足先で蹴ったのは、気を失っているサクラだった。

うう、と小さく唸っている。

なんてことを、と驚いた。

（まわりにも手下みたいな人がいるし……嫌だな……）

煙が充満している。今はポチを頼ることもできなさそうだ。

自分がオトナだったならな、とユウキは思う。

そうしたら、もっと安心してサクラを助けられるのに。

「いやあ……こんなガキを相手にさせられるとは、俺も落ちたもんだ……グラナダスを追い詰めた男、ブルックスともあろうものが――ぐえっ」

だす、と鈍い音がする。

上手くいった。

鎧の男――ブルックスが尻餅をついた。

煙幕の奥にいる手下たちから悲鳴があがる。

「は⁉」

「ボスに土が……はぁ⁉」

「どんな魔獣相手でも膝をつかない、不倒のブルックス」

「っていうか、すね当てが変形してる……どんな馬鹿力だよ」

「うぐ……な、なんだ今のは？」

ユウキが身長の小ささを活かして、すね当てをつけた足に思い切りタックルをかましたのだ。

山の下から迫っていったことで、上手く死角に入り込むことができたようだ。

「なっ、あの見習いはどこだ⁉」

「え？　今さっきまでそこに……」

忽然(こつぜん)と消えたサクラに、さらにざわめきが大きくなる。

誰の目も届かないはずのところで魔獣どもを操っているという優位性に酔っていたブルックスたちの表情が凍り付いていく。

魔獣たちの一撃は人間の命を簡単に奪ってしまう。

つまり、命運を分けるのは素早さだ。

それをユウキは、師匠から叩き込まれた。

師匠であるルーシーは攻撃方法の何倍も徹底的に、身のこなしと回避方法をユウキに教え込んだのだ。

ユウキは小さな体と機動力を活かして、すでにサクラを救出していた。

「よいっしょっ！　サクラさん、ごめんねっ！」

両腕でサクラを抱きかかえて、引きずるようにして撤退する。

（くそー、お姫様抱っこみたいにできたら……いや、むりだよね）

とにかく、ポチのいるところまで逃げよう。

——揉め事が起きても、本気で戦ってはいけない。

ユウキを鍛えてくれたルーシーの教えだ。

まだまだ子どものユウキには、リスクが高いから。たぶん。

煙幕にまかれながら逃げる。

「はぁ、はぁ……」

あっという間に、足どりがよたよたとヨレはじめる。

ユウキひとりであれば、瞬間的にパワーを発揮したり、相手の目にもとまらぬ動きで不意をついたり、ルーシーに鍛えられた身のこなしで魔獣を狩ったり……子どもにしては、悪くない動きができる。

だが、子どもの限界がここにあった。

（だ、だめだ……重い！　サクラさんには絶対言えないけど！）

酷く痩せているとはいえ、自分よりも大きな人間を引きずって動くとなれば動きに限りが出てしまう。

ポチが待ってくれている場所までが遠い。

いつものポチならば、きっとユウキのいるところまで駆けてきてくれるはずだ。けれど、この煙幕の中では目も鼻も利かずに動けないのだろう。

逃げ切らなくちゃいけないけれど――。

「わっ」

とん、と背中が何かに当たった。

木ではない。生物の感触だ。

しかし、背中に毛皮の感触は伝わってこない。つまり、ポチでもアカキバボアでもないはずだ。

(ってか、全然、後ろにいるのがわからなかった……)

それなりに危機回避を叩き込まれているはずなのに、ユウキは少しの気配も感じなかった。

異常事態に、ぶわりと冷や汗が吹き出る。

だが、聞こえてきたのは意外な声だった。

「……やあ。活躍してるみたいだな、ユウキ」

「えっ?」

恐る恐る振り返ると同時に、とても懐かしい笑い声が振ってきた。

乾いていて、温かくて、頼もしい、少しくぐもった笑い声。

「し、ししょう!」

「ふふ。少し背が伸びたか、弟子よ」

「な、なんでここに！」

「ん、オリンピアがどうしてもお前の様子を見てこいとうるさくてな……」

だが、とルーシーが正面を睨みつける。

「まさか、懐かしい馬鹿をこんなところで見かけるとは」

その先に居るのは、意気揚々と鼻息荒く迫ってくる一団。

ブルックスの姿が煙幕の向こうから浮き上がってくる。

「おやおや、保護者の登場か？　あまり乱暴はしたくない……が……えっ」

「久しぶりだな、ブルックス」

「……は？」

ルーシーの声に、ブルックスが顔をひきつらせた。

みるみる青ざめていく。

「なっ！　……なぜお前がここにいる、ルーシー……」

いつも不遜な態度を崩さないブルックスの明らかに狼狽えた姿に、彼の手下たちが動揺している。

「――ルーシー・グラナダス！」

なんだ、知り合いなのか……ん？

母親代わりであり、師匠でもあるルーシー。この世界では限られた身分の者しか持っていない姓を持っていたとは、知らなかった。

……というか。

「ぐら、なだす？」

その名は、世情に疎いお子様であるユウキすら何度も聞いたことある。

魔王を滅し、時代を塗り替えた。

最強の戦士、伝説の英雄。

「し、ししょうが……ぐらなだす？」

母親が、大英雄。

うそでしょ、とユウキは思わず呟いた。

◆

ユウキが木の陰にサクラを避難させる。

左足をわずかに引いたルーシーが、腰を落としている。

本当に小さなモーションだが、臨戦態勢だ――と弟子であり息子でもあるユウキにはわかった。

（な、なんか変だと思ってたんだよ！）

一撃で地面を吹っ飛ばしたり、単身で魔獣を狩ったり。

強力な魔獣が現れるたびに、あちこちから招聘(しょうへい)されて戦っているというわりに、一度として大きな怪我をすることなく帰ってくる母親。

変だ、変だとは思っていた。

まさか――まさか人類最強と呼ばれている、伝説の英雄グラナダスがルーシーその人だったとは。

「あー、ユウキ」

「ふぁい」

「もう少し離れて……目と耳を塞いでおけ」

こくこく、とユウキは頷いた。

サクラを抱えて待避する。

「ブルックスよ、お前は変わらんなぁ……傭兵王だなんだと言われていたが、自分を大きく見せることに必死なつまらん男だよ」

「う、うるさい！　俺は弱くねぇぞ」

「強くもないさ。本当に強い奴らは、魔王時代に死んでいった」

「ぐっ……」

「お前がしてたことといえば人間同士のくだらない内輪揉めにクビを突っ込んで、くだらん組織をデカく見せることだけだろう」

相当に険悪な仲……というか、ルーシーがブルックスを軽蔑していることがはっきりとわかる。

「今も変わらんなぁ……おおかた、ミュゼオン教団内の嫉妬やらやっかみやらで標的になった見習いを陥れる算段に手を貸したか?」

「う、うるさい！　黙れ！」

「時間も流れて……今まともな奴で生きてるのは、魔術狂いのリルカくらいか」

ルーシーが一歩、また一歩とブルックスににじり寄る。

気圧されるようにブルックスが後ずさる。

「……隠居して表舞台に出てこなくなった奴が、どうして今更俺の前に現れる」

「舞台に表も裏もあるものかよ」

ルーシーが吐き捨てる。

気配が動いたのを察して、ユウキは言われたとおりに耳を塞いだ。

「お前たちの噂は聞いていたよ……魔獣狩りすらも徒党を組んで、高い報酬をむしり取らんとやっていけないとはなぁ」

報酬も受け取らず。

自らのフルネームを名乗ることもなく。

さすらいの魔獣狩りとして、魔王時代が終わった後にも多くの修羅場をくぐり、絶望に陥った人間たちの活路を切り拓いてきたルーシーが吐き捨てる。

「——反吐が出る」

目をつぶって、耳を塞いでいるユウキにもわかった。

ルーシーは、めちゃくちゃに怒っている。

ブルックスや彼に付き従って甘い汁を啜ってきたらしい人間たちが情けない叫び声をあげている。魔獣狩りは対等な命のやりとりだけれど、今行われているのは一方的な暴力だ。

あまりに教育に悪いので愛弟子であり息子であるユウキには見せたくない光景なのだろう。

（うちの母が……すみません）

ユウキは心の中で呟いた。

別にルーシーは何一つ悪いことをしていない。

悪いのは——ブルックスたちの運と日頃の行いだろう。

彼らが今回手を出した相手も、タイミングも、何もかもが悪かった。

木々の切れ間から、目下に広がる光景を薄めて確認する。

アカキバボアたちは、村人たちの張り巡らせた罠と、マイティたちの奮闘でほとんど狩り尽くされたようだ。生き残った個体はほうほうのていで逃げ出している。

弱肉強食。今回の強者は、トオカ村だった。

瘴気溜まりによって増えすぎた魔獣の数を減らすことは、人間の生活を守るうえで大切だ。

ポチの遠吠えで招集されたブラック・ウルフたちは、彼らの子どもたちの待つ根城へとご馳走――アカキバボアの亡骸を引きずって運んでいる。

トオカ村には、大きな被害は出なかったらしい。

よかったな、とユウキがほっとしていると。

「待たせたな、帰るぞ」

ぽん、と肩を叩かれる。

サクラを片腕に抱えて、ルーシーは悠々と歩き出す。

ユウキは慌てて師匠の背中を追いかけた。

(これ、振り返らない方がいいんだろうな……)

背後で明らかにボコボコにされた人間たちのうめき声が聞こえてくる。

とりあえず、生きてはいるようでよかったけれど。

息子にエグい光景は見せないようにしようというルーシーの心遣いを無駄にしないように、ユウキは振り返らずに歩いた。

◆

サクラの無事の帰還とアカキバボアの駆除成功に、トオカ村は沸き立っていた。

ほとんどのアカキバボアは、ブラック・ウルフたちのご馳走になったが——村の人間たちにも、ご馳走が残されていた。

畑も無事で、アカキバボアは可食部が多い魔獣である。

罠で捕らえたアカキバボアの肉は損傷が少なく、瘴気による汚染も最小限だった。


「よし、祝杯だ！」

大団円の後に待っているのは、祝いの席である。

今回のお手柄であるユウキとポチ、そして無事の帰還を祝われているサクラは村人たちに取り囲まれて口々に褒めそやされていた。

「ユウキ様は、本当に……私の恩人です。ご迷惑をかけてばかりで、ごめんなさい」

「きにすることない。わるいやつらのせいだから」

「わふっ！」

残ったアカキバボアたちが急に増殖することもなさそうだし、もしも山から下りてきたとしても村に張り巡らせた柵やネットなどの施設で対応ができるだろう。

「ほら、ちびっこたち！　どんどん食べなさい、遠慮は逆に失礼だよ！」

トオカ村で栽培した麦を使ったビール片手に料理をしているアキノが陽気に声を上げた。

アカキバボアの丸焼きが宴のメインディッシュだ。

こんがりと新鮮な肉を焼き上げた、正真正銘のご馳走だった。

そぎ落とされた肉にかぶりつく。

（メイラード反応、溢れる肉汁……うまい！）

ユウキは唸った。

念願の肉。大きな肉。かぶりつける肉。

（……けど……やっぱり、ちょっと味が薄い！）

塩味がやや薄く、ちょっと味も単調なのだ。

こってりしたジャンクな味付けの、甘辛い肉を、どうにか食べたい――ユウキは次の目標を新たにした。

イノシシ肉のバーベキューは村中に振る舞われている。

本当の主役である村人たちから少し離れたところで、ピーターとルーシーが旧交を温めていた。

「あっはは、どうです。うちの娘は……俺なんかにゃもったいないくらいによくできてるでしょう」

「ああ、お前の若い頃にそっくりだ……強運が滲み出てる。将来、あの子もデカい鉱山を見つけてもおかしくないな。街づくりの立役者二世だ」

「立役者なんてやめてくださいよぉ……俺は運がいいだけですから、今回だってユウキ殿を預からせてもらって……なんです、あの麒麟児は？」

「ん……あの子については、私も驚いているよ。異世界からの旅人ってのは、あれだけ規格外なものかとね」

ルーシーがビールを一気にあおり、ピーターもそれにならった。

「それにしても、隊長とまた酒が飲めるなんてなぁ！」

「隊長はやめてくれ、もう解散した隊だ」

「ひっく、隊長はいつまでも隊長ですって！」

にへら、と破顔するピーター。

普段は大人ぶっているが、憧れの人の前ではまるで青年時代に戻ったように頼りなくなってしまう。

ユウキはそんな二人を微笑ましく思いながら、声をかけた。

「ししょう、ピーターさん。おみずちゃんとのんでますか？」

アキノに「あの酔っ払いに釘をさしてきて」と言われて、水を飲ませるという使命を帯びて派遣されたのだ。

「おお、ありがとう。ユウキ殿」

「これくらいで酔わないがな」

「隊長、俺らも歳ですからね」

苦笑するピーターに、ルーシーがちょっと罰が悪そうに唇をとがらせた。

普段オリンピアと接している時間が長いルーシーは、たまに自分の年齢を忘れがちなところがある。

「そうだ、ユウキ。少し一緒に話さないか？」

「はい？」

「よい、しょ」

ルーシーはユウキを抱き上げて自分の膝に座らせる。

酔っ払ったルーシーというのは初めてだ。

「ユウキ、おまえ、立派にやってるな」

「りっぱ……かどうかはわからないけど、いっしょうけんめいやってます」

「うん、それがいちばんいい」

ルーシーがにかっと笑う。

「……これからは、おまえが必要だと思うときには本気で戦ってもいいぞ」

「えっ」

「多少は力加減も分かるようになっただろう」

ルーシーはそう言って、ユウキの頭をぽんぽんと撫でた。

普段はユウキを抱っこすることはないルーシーの膝に座るのは新鮮な気持ちだった。

さて、とルーシーが居住まいを正す。

「……ピーター、ミュゼオン教団のトワノライト支部についての調査は進んでいるか？」

「ああ、例の件ですね」

改まった様子でルーシーが切り出した。

驚いた。

ルーシーからピーターに、ミュゼオン教団について調べ事を依頼していたらしい。内容はといえば——上納金の着服についてだった。

「ここ数回のサクラさんとの取引を通じて、ミュゼオン教団の上納金の実態がわかりました」

先程までの陽気な酔っ払いとは別人のようにピーターが理路整然と話し始める。

ピーターの調査によると、ミュゼオン教団が定めている金額にかなりの額を上乗せして見習いや下級聖女たちから上納金を巻き上げているようだった。

「なるほどな……思った通りだ」

「実際、ほかの支部よりも足抜けした者も多いと聞くし、女であるということ自体を隠して義賊じみた盗人をやっている者もいるとか」

「わかった、ありがとう」

「いいえー。隊長……じゃなかった、ルーシー殿の頼みですから」

ピーターがへにゃっと笑った。

能ある鷹(たか)は爪隠す、を地で行く人だ。やっぱりかっこいい。

ルーシーも「ふぅ」と脱力した溜息をついて、夜空にぽっかりと浮かんだ月を見上げた。

「ユウキ、もう少しだけ付き合ってもらえるか？」

「なにに、つきあうの」

「うん、オリンピアがお前に会いたがってるからな……明日にでも、ミュゼオン教団の支部に向かってくれないだろうか」

「かあさんが……？」

まあ、オリンピアがユウキに会いたがってしょぼくれているであろうことは想像に難くない。

子離れというのはいつの時代も苦労するものらしい。

でも、それとミュゼオン教団に何か関係があるのだろうか。

「べつにいいですけど」

「よろしく頼む。ついでに、あの見習いのお嬢さんも送っていく。それでいいな、ピーター？」

「お願いします。俺とアキノはトオカ村の件で精算などがあるので」

「ふぁ……」

固いイノシシ肉のバーベキューを囓りながら、ユウキは話を聞いていたのだが――。

急激に眠くなってしまう。
まだ日が沈んで間もないのに、情けないことだ。
まあ、六才児なのだから寝られるだけ眠ったほうがいいのだけれど。

十二、大精霊の現し身

サクラが夢見るような表情で空を眺めている。

さきほど目にした光景が、忘れられないのだ。

「なんというか、頭も心も追いつきません。ユウキ様を育てられたのが、あの伝説の英雄グラナダス様と……大精霊オリンピアだなんて」

「あ、はは……」

大精霊オリンピア。

かつて魔王時代を終焉に導いた英雄グラナダスを守護していたとされる。

やがては精霊女王として万物を統べる霊位に昇るかもしれない、非常に重要で偉大な高位精霊であり——ミュゼオン教団が崇める信仰対象のうちの一柱でもあるのだ。

サクラが夢見心地なのも無理はない。

自分が崇めている存在であるオリンピアが、正確に言えばオリンピアの分霊が目の前に現れて、喋って、サクラを苦しめていたミュゼオン教団の幹部に裁きを下したのだから。

その奇跡が起きたのは、数刻前のことだった——。

◆

なんだか申し訳ない状態だな、とユウキは思った。

支部の最高責任者である司教が、真っ赤になったり真っ青になったりしながらルーシーを見つめている。彼女が何者か、司教は知っているらしい。

教団関係者しか入ってくることができない、教会の中心部にある聖水の間までルーシーは一切のためらいなくあがりこんだのだ。

「司教殿。話があるのだが、少し時間はよろしいか？」

「あ、あああの⁉　ルーシー様、何をされるおつもりですか！」

何も知らされずに、ルーシーに教団まで送り届けられたサクラがおろおろとしている。ルーシーはサクラには応えずに、自分よりも背の低い司教をじろりと睨み続けている。

ルーシーの正体を知らずとも、眼光鋭い狩人が子どもを抱っこして乗り込んできたという異常事態に、司教をとりまく周囲の人間は騒然としていた。

多くの教団関係者にとり囲まれてて歩いていた司教の肩をひっつかんで、逃げようとするのを引き留める。周りにいる下級聖女たちは、状況がよく飲み込めずに訝しげな顔をしていた。

中には、「またサクラと、あのチビが騒ぎを起こしている」と渋い顔をして敵意を剥き出しにしている者もいる。

「な、な……」

じり、じり、と距離を詰めるルーシーから逃れるように後ずさる司教――その後ろには、豪華な噴水がある。

大理石の敷石で円形に整えられた噴水の真ん中には、美しい精霊の彫刻がそびえている。精霊の彫像が持っている壺(つぼ)から注がれている水からは、オリンピアの結界内に湧いている泉と同じような気配を感じる。

彫刻がミュゼオン教団の信仰する「大精霊」と呼ばれる存在のようだ。

どことなく、オリンピアの面影があるような、ないような。

(これ、聖水……ってやつかな?)

トオカ村を離れる前に、サクラは「瘴気溜まりを浄化する」といって瘴気の濃く吹きだまっているところに聖水を振りかけていた。

さらには、瘴気酔いをする人が出た場合に備えて……と、トオカ村に瓶詰めの聖水とやらをいくつか売り渡していた。あの聖水もサクラが教団から買い取って、それを転売している形らしい。

よく聞くと、かなりの高額商品だがサクラは利ざやはほとんど出ないように極力安くしているとか――見習いや聖女職についている人にとって、聖水は重要な収入源のはずなのに。

販売価格は売る側に一任されており、まちまちなのが現状らしい。

つまりは法外な値段で聖水を売りつけることで上納金を稼がせている。

それもこれも、教団が所属している人間たちから金を吸い上げるだけ吸い上げるような油まみれの歯車が回っているためだ。

「オトナ、汚すぎる……」

ユウキは溜息をついた。

震える司教に、ルーシーが言った。

「証拠は揃っているんだ、過剰に巻き上げた上納金を返却しろ」

「う、うるさい！　我々の働きは失われた精霊様たちの御心を継ぐものだ！　グラナダスとかいう傲慢な勇者気取りが魔王を倒した余波で、こんな世の中になってしまった今、我らこそ地上の光……トワノライトという、エヴァニウム産出の拠点を守るには費用もかかる。口出しをするな！」

司教、ものすごい早口のおじさんである。

見習いのサクラを送り届けてきた謎の子連れ女——彼女がくだんのグラナダスなのだが——ルーシーに睨み付けられて、司教はすっかり萎縮しつつも染みついた傲慢さを隠さずにいる。

「な、なんですかあれ……見習いのサクラが引き入れたの？」

「貴族様はやりたい放題ね、ほんとに」

「誰か呼びましょう、追い出さないと」

周囲の人たちが徐々に自我を取り戻し、騒ぎ始めた。

（うわ、なんか……やばいんじゃ……）

今の状況は、明らかにルーシーが悪者だ。

いくら汚職の証拠を掴んでいるからと言って、あまりにも性急すぎるのではないかしら……

とユウキは震えた。

まわりに人が集まりはじめて調子を取り戻した司教が、勝ち誇ったように吐き捨てる。

「大精霊様が、こんな狼藉（ろうぜき）を許すと思うのか？」

「ほお、大精霊様が？」

「そうだ、我らミュゼオン教団は精霊をあがめ、彼らを統べる大精霊様にお仕えして――」

ルーシーがにやりと口の端をつり上げる。

これはもう、勝ちを確信しているときの表情だ。オリンピアと口喧嘩をしているときに、時折浮かべるこの表情に見覚えがある。

大きく息を吸い込んで、ルーシーは大司教……の後ろの噴水に向かって問いかけた。

「だそうだが……どうなんだ、大精霊様？」

「は？」

ルーシーの言葉から一瞬の間があって、キンという甲高い音が耳をついた。

キィン、キィンと共鳴しながら音がどんどん大きくなる。

共鳴、増幅、反響。

響き合う音色は、空気をビリビリと震わせる。

「うわっ」

ユウキは驚いて、思わず耳を塞いだ。

様子を見守っていた下級聖女や見習いたちも同じように顔を歪めて耳を塞いでいる。

「……？」

だが、司教や年かさの教団関係者たちはきょとんとして何が起こっているのかわかっていないようだった。

（これ、あれだ！　モスキート音だ……）

一定の年齢を超えると聞こえなくなってくる、高周波音。パチンコ屋の前を通りかかったときに、いつの間にか聞こえなくなってしまったときには自分の加齢を痛感したものだ。

キンキンと、重なり合いながらどんどん大きくなる音に耐えていると噴水が光り始める。

その光が人の形をとった。

空中になびく長い青髪、豊満な曲線を描く体、頭上に輝く光の輪。

『――……ああ、なんという、なんということでしょう』

芝居がかった声に、聞き覚えがあった。

（か、かあさん！）

どこからどう見てもオリンピアだった。

だが体は半透明。響き渡る声もラジオを通したように、ちょっとノイズが乗っている。

実体ではない、ホログラムのような存在のようだ。

『精霊たちの名を騙(かた)り、人の欲を満たそうとは……ああ、これはとびきり嘆かわしい！』

光り輝きながら威厳ある喋り方をしているオリンピアだが……ユウキとルーシーに小さく手を振っているので台無しである。

そういうところですよ、かあさん。

授業参観にはしゃいだ母親がやってきてしまったような、なんともいえないうれし恥ずかしい気持ちである。

あちゃあ、とユウキは目をそらした。

どちらかというと、母親を参観している形だし。

「こ、これは……っ！　大精霊様が降臨なされた……魔王時代以降、その兆候もなかったというのに……」

わなわなと震えてオリンピアの前にひざまずく司教により、ユウキはいっそう気まずくなるのであった。

ルーシーは生暖かい目でオリンピアを見守っているので、おそらくコレが起きることは織り込み済みだったのだろう。

やや強引にユウキをつれてここまでやってきたことも含めて、彼女の台本通りだったのでは。

抱っこされたままで、ユウキはルーシーにそっと尋ねてみる。

「しょう、あれってどういう……？」

「オリンピアがどーーーーしてもお前の顔を見たいと言ってきかなくてな……オリンピアに縁のある泉であれば『現し身』を送れるからというので……」

（え、じゃあこれって……俺に会いにきてるかんじ？）

過保護にもほどがある。唖然とするユウキであった。

「ついでだから、母のいいところを見せたいというから……ピーターが前々から教団の不正についていては少々気にしていたもので、協力してもらったわけだ」

「ええ……」

そっちがついでなんだ。

サクラが救われそうな方向に話が進みそうだし、いいんだけれど。

むしろ好都合なのだろうけれど……手放しで喜べない。

「お、お許しください！　大精霊様……」

『ええ、ええ……子どもたちに慈愛を。特に……私の愛しい子のお友達にはとりわけ親切にしていただくよう、お願いします』

「……は？」

オリンピアの言葉に大騒ぎ状態だった聖水広間が、しんと静まりかえる。

うるさいほどの沈黙だ。

「大精霊様の愛し子……ですと」

その場にいる全員の視線がユウキに注がれる。

『ええ、それはもう。とびっきり愛しい子です』

「な、ななっ」

『そして……そこにいる娘は、我が愛しい息子と仲良くしていただいているようですね……』

オリンピアに話しかけられたサクラが、目にいっぱい涙を浮かべて震えだした。

「は、はわ……大精霊様が、わ、わ、私なんかに語りかけて……!?　というか、ユウキ様はやっぱり、すごい人だったのですね……」

『ええ……うちの子を今後ともとびきりよろしくね』

ぺこり、と一礼をするオリンピア。

（か、かあさん……キャラがブレてる！）

ユウキの心配をもとに、大精霊の降臨に教団側は萎縮しっぱなしのようだ。

気持ちよくお説教をし終えたオリンピアが、にこやかにユウキたちに手を振りながら消えていくのを見送ったころには、ユウキとサクラの扱いがまったくもって変わっていた。

トップアイドルよろしく、崇拝と尊敬をない交ぜにしたような眼差しを一身に受けたユウキは、オリンピアの姿に夢見心地になっているサクラを連れて逃げ出したのだった。

◆

大型の魔獣の出没情報があったということで、ルーシーは教団の支部を出て早々に早々にトワノライトを発っていった。

まったくもって、嵐のような人だ。

ユウキが帰宅したのとほぼ同時にトオカ村から帰ってきたピーターとアキノに、教団でのことを話したところ、二人とも涙を流して大笑いをしていた。

アキノの淹れたハーブティーを飲みながらの、一仕事を終えた語らいの時間だ。

「そりゃあ、痛快だったわね！」

「あっはは、あの人たちは昔から変わらないなぁ」

「むかしから、あのかんじだったの⁉」

「ああ。世間じゃグラナダス伝説なんて言われて、けっこうシリアスに語られてるけど、魔王との戦いとは思えないくらいにハチャメチャだったんです」

ピーターは多くを語りたがらないのだけれど、おそらく相当に愉快な旅だったらしい……それにしても。

大笑いしている本人も「伝説」とまで呼ばれており、自分の銅像まで建っている街に住んでいて、ほとんど正体を知られずに暮らしているのだからピーターの凡人オーラには驚かされる。

だからこそ、忘れがちだったけれど。

この世界でわからないことがあればピーターはなんでも教えてくれる、酸いも甘いも知り尽くした大人なのである。

「そうだ、ピーターさん。ひとつ、ききたいことがあります」

「うん?」

鉱山の街トワノライトは、エヴァニウムのおかげで現代的というか、かなり便利な道具が揃っているけれど……ここは精霊がいて、魔獣がいて、魔力がある世界なのだ。

それなのに、今まで「アレ」を見ていない。

オリンピアが現し身を使って山奥の結界域からトワノライトまで転移をしてきたのを目の当たりにして、やっと思い出した。

「このせかいには、まほうはあるの?」

魔力を使って他人を癒やす術をサクラが使っているのは何度か目にした。

けれど、いわゆる魔法っぽいものを使っている人は今まで見たことがない。

「……え?」

ピーターとアキノが顔を見合わせた。

「もちろんあるよ。魔術と呼ばれることが多いけれど」

「あー……瘴気酔いも知らなかったもんね。なんというか……知ってることと知らないことの差が激しいと、こういうこともあるか」

「それもそうか……ルーシー殿は武術の人、オリンピア殿は魔術なんぞ使わなくとも精霊の力を振るうしなぁ……」

「ええっと、どこから説明しようかな。トワノライトがこんな大都市になれたのは、産出される精霊石エヴァニウムのおかげ。で、そのエヴァニウムが重要視されるのは、魔力を持つ人間が魔術で操るような現象が誰にでも起こせるからなの」

「ふむっ」

要するに、魔術というのはこの世界ではかなり限られた人間しか使えない特別な技術だそうだ。

生まれつき魔力を多く体内で生成して貯め込める体質で、かつ、魔術師としての修練を積む機会に恵まれて、ようやく魔術を使えるらしい。

「かつては魔術師も活躍の場があったけど、今は魔力を持っている人の多くはミュゼオン教団か魔獣狩りギルドに入ってしまうから、魔術は廃れているよ」

「なるほど」

ふむぅ、とユウキは考え込んでしまった。

というのも、オリンピアの行ったように別の空間に転移するような魔法がないだろうか……と気になってしまったのだ。

「あの、ぼくもまじゅつをならえますか?」

ユウキの質問に、黙り込んだピーターはしばらく考え込んでから返答した。

「魔術師になるのには特殊な才能が必要だと言うが、ユウキ殿ならあるいは。でも、魔術師の知り合いは、一人しかいないんだ」

「え、父さん。それって……」

「うん、グラナダス隊にいたリルカ殿なんだが……」

「ちょ、そんな人にもツテがあるの!? 父さん!」

何か問題がありそうな口ぶりだ。

口の重くなってしまったピーターのかわりに、アキノが教えてくれた。

「魔術師リルカといえば、父さんなんて比べものにならないくらいの伝説的な人物よ……なにせ、数百年前に魔王出現を予言した人なんだから」

「すうひゃくねん!」

それって、あれだ。

魔法をあやつる長命種族……いわゆるエルフ的なやつだ。

イメージ通りの魔術師像に、ユウキは思わず興奮した。

「ただの魔術師じゃなくて、未来を見通す『眼』を持っているのよね」

「まあ、あの人が有名なのはそれだけじゃなくて……引きこもりの中の引きこもりなんだよ」

リルカなる魔術師は長いこと少女の姿を保ったまま、「図書館の塔」と呼ばれている自宅に引きこもって過ごしていて、どんなに偉い人物の招聘にも応じないし、来客を招き入れることもほとんどない。

極めて数少ない例外が、英雄グラナダスとの旅だと言われている。

「まあ、それも最後の数日だけで……旅のほとんどは遠隔参加だったんだけれどもね」

魔王討伐に遠隔参加とは。どういうことだろう。

テレワークなんだ、そこが。

「だからさ、魔術師リルカに会うのは難しいと思う。他にツテのある魔術師もいないのよ」

「そうなのか……じゃあ、まほうをおぼえるのはむずかしいのかな」

ちょっと残念に思っていると、ピーターがそっとハーブティーのカップを持ち上げて言った。

「心配ないよ。こんな風にあの人を話題にしてると、たぶんそろそろ……」

「え……？」

そのとき。

カタカタ、と家が揺れ始めた。

「わ、何コレ⁉　お父さん⁉」

「落ち着いて。ユウキ殿、アキノ、カップを押さえて」

「んえ……？」

ダイニングの大きなテーブルが揺れて、何かが浮かび上がる。

いわゆる、魔法陣だった。

さまざまな図形が組み合わさった魔法陣が浮き上がって、光り始めたのだ。

グルル……とポチが唸る。

この鳴き声は、何かが近くにいる時の反応だ……たとえば大型の魔獣とか。

「な、なにこれぇ？」

「このテーブルは、リルカ殿からの開業祝いでね……こういう『仕掛け』なんだ」

「やたら大きいって思ってたけど……ぎゃあぁあぁあぁっ！」

アキノが絶叫する。

絶叫して、隣にいたユウキに抱きついた。

抱きつくのにいい感じの大きさと、ぷにぷにのほっぺた。アキノにしてもサクラにしても、そしてたまにピーターにしても、おちびのユウキを抱きしめることで精神安定を図っているときがある。別にいいんだけれども、力が強すぎてちょっと苦しい。

だが、今回ばかりは仕方ない。

目の前に出現したモノが、あまりにも異質だったのだ。

「な、な、何コレぇぇぇぇ」

「うぎゃあああ！　こ、こわっ！」

生首だ。魔法陣の真ん中に、生首が鎮座していた。

女の子の首だ。

切りそろえられた銀色の髪が印象的な生首。最悪だ。印象に残らないでくれ。

『やあ、はじめまして』

しかも、生首が喋った。可愛い声だった。

恐怖のあまりにユウキとアキノが言葉を失っていると、魔法陣から首から下の身体が生えてきた。

魔法陣からよいしょ、とつま先まで引き抜いて、テーブルの上にどっかりとあぐらをかいた。はしたないというか、どことなくおっさん臭い仕草を、ピーターがたしなめる。

「……リルカ殿、お久しぶりです。早速ですが、目のやり場に困りますな……」

『む、そうか？』

「あと、あまりうちの娘を怖がらせないでください」

可哀想にがくがく震えているアキノを見て、リルカと呼ばれた美少女が愉快そうにクツクツと肩を揺らした。

『そりゃ失礼、異世界からの旅人くんにインパクトを残したくての』

なるほど、これが長命種か。

ユウキは感心しつつ、観察する。

彼女がこの世界で最上級の魔術師……どことなくユウキをこの世界に転生させた金髪ロリ女神に似ている気がする。人間を超越した存在というのは、こういうルックスなのだろうか。

ずい、とリルカが身を乗り出して、ユウキを見つめる。

目の前に、美少女。

あまりにも至近距離なので、そっと手を伸ばしてリルカの顔面に触れてみると……触れて、しまった。

「わっ」

『むぐ、レディの顔面に何をするのじゃ』

「さ、さわれた!?」

『いやいや、驚いた……たしかに私はここに「いる」けれど、そちら側から干渉できるのは、紛れもなく君の力じゃよ、少年』

「ど、どうも」

この人、二人称が「少年」だ……と謎の感動をしてしまった。

リルカの体は半透明ではなくて、きちんと実体があるように見える。

オリンピアが自分の現し身を送ってきたのとは違うものなのだろうか、あれは向こう側の景色が透けていたはずだ。

『魔術を習得したいというのは少年だね?』

「は、はい」

『いいね、魔力量も膨大だし、魂も知能も十分……そして少年が成し遂げたいことは』

今度はリルカがユウキに手を伸ばしてきた。

伸びてきた指先が眼に触れそうに近づいてきたのに驚いて、ぎゅっと目をつぶる。

「……?」

『はは、なるほど……これは鍛え甲斐がありそうだ』

愉快そうな声に、目を開ける。

身構えていたけれど、いつまで経っても触れられる様子がなかった。

おそらく手をかざして何かを読み取ったのだろうか、目の前にはニマニマと笑っている顔がある。

〈いやいや、成し遂げたいっていうか……〉

『こういうことが、したいのじゃろ?』

とん、と。

ユウキの目の前に、何かが置かれた。

『……こうやって、異界のものを取り寄せたいのだろ?』

「え？　え、えええ！」

魔法だ。

まごうことなく、魔法だ。

だってこれは、ユウキが欲しいと思っていた――。

「しょうゆだ！」

はるか遠い場所に干渉ができるなら、ユウキが元いた世界から少しだけモノを拝借できないかしら……と思っただけなのだ。

この世界にあるもので、味噌や醤油とか作れそうもないし。

『少年の記憶から引き出させてもらったよ……他にも色々とあったけれど、こいつが一番鮮明に刻まれていたからね』

「にほんのこころなのでっ……」

外国人が日本の航空機に乗ると、ショウユのスメルがするとかいう噂がまことしやかに囁(ささや)かれている。

大豆のことを英語でソイビーンズと呼ぶけれど、もともとはソイ……すなわち日本語の「ショウユ」の原料になる豆ということでそのネーミングになったらしい。諸説ありだけれど。

とにもかくにも、醤油がなくてははじまらないのだ。

逆に言えば、醤油があれば「はじまる」のだ。

感動に打ち震えていると、リルカの衝撃的な登場から立ち直ってきたアキノが訝しげに尋ねる。

「なに、それ？　黒い水……瘴気に汚染されてない？」

とんでもない。

ユウキにとっては聖水よりも重要なものだ。

『ふふ……魔法陣ごしに私に触れることができるうえに、実体化に耐えうるほどの想像力や記憶も持っている……魔力量といい、少年は天才的に筋がいいようだな』

嬉しそうにしているリルカの体が少しずつ透けていく。

時間切れか、と名残惜しそうに呟くリルカは、ユウキにむかってひらひらと手を振った。

『単刀直入に言おう。魔術を学びたいという意思があるのなら、君の記憶にある世界からあんなものやこんなものを取り寄せることも可能じゃよ……それどころか、人の心を操ったり、死んだ人を蘇らせたり、意志のない動物を生み出したり……魔術というのはなんでもできるのじゃよ？』

「ちょっと！　リルカ殿！」

明らかに悪い顔で勧誘をしてくるリルカに、ピーターが割り込んだ。

「それ、禁忌になっている古代魔法でしょう！　また図書館の塔でろくでもない文献を掘り出して……」

『ほほほ、バレたか。ほれほれ、最近ハマっている古文書がこれじゃよ？』

どこからともなく、古びた本を取り出した。

周囲に転がっているモノを拾い上げるような動作をしている。

テーブルの上に描かれた魔法陣の中にリルカの実体があるように見えるけれど、やはり肉体は別の場所にあるようだ。

引きこもりというのは、嘘ではなさそうだ。

一方的に自分の言いたいことをまくし立てるコミュニケーションにも癖があるし、普段はあまり人と話したりしないのだろう。

今目の前にあるのは、いわば、やたらと存在感のあるホログラムのようなものだろうか。

大精霊のオリンピアでも映像を送ってくるのが精一杯だったのを考えると、リルカがかなり強大な魔術師であることがわかる。

『弟子入りしたくなったらいつでも塔を訪ねておいで……ピーター、案内は頼んだぞ？』

ぱち、とウィンクを飛ばしてくるリルカ。

『神域に至った我が姉君から、イキのいい奴が来たと聞いて楽しみにしておったが……んっふふ、しばらくは退屈しなさそうじゃの！』

「やっぱり、あのめがみのかんけいしゃ！」

他人のそら似ではなかったようだ。

色々と問い詰めたいことがあるのだけれど、その瞬間にリルカもテーブルの上に展開していた魔法陣もかき消えていた。

「はぁ……驚いただろう。昔から、ああいう人なんだよ」

「お父さんが謝る必要はないんじゃない……っていうか、本物のエルフって初めて見たわよ。耳が長いって本当なのね」

イヤリングをぶら下げ放題ね、というとぼけた感想を零すアキノ。

「なんか……あらしのようなひとだね」

「もし本気で魔術を志すなら、あれほど頼れる師匠もいないさ。今や王立学園の魔術科主任だからね……まあ、ほとんど自分の研究をしているだけみたいだけれどね」

「かんがえておきます」

ユウキは手の中に残された醤油を見つめて返事をした。

本当ならば、今すぐにでも弟子入りしたいくらいだけれど……今は、こいつが先だ。この世界に来てから、ずっと憧れていた味の濃いおかずにありつけそうなのだから。

エピローグ、異世界ごはん～アカキバボアの生姜焼き～

トオカ村では大論争が起きていた。

アカキバボアの肉をどう消費するのか。

長期保存のために加工すると野性的な臭いが強くなるし、筋張った肉質が強調されてしまう。

アカキバボアの塩漬け肉を焼いたものを無理して呑み込もうとしたスティンキーが二日ほど寝込んでしまったところで、ユウキにヘルプがきたのである。

悪徳で有名だったミュゼオン教団トワノライト支部がかなりの内部改革を進めた結果、法外な上納金から解放されてほとんど自由の身となったサクラも同行している。

さらには『大精霊の覚えめでたき乙女』として飛び級で一人前の聖女としての活動を許されたらしい。

ユウキに会いたいがために現し身を飛ばしてきたオリンピアの暴走も、悪いことばかりではないようだ。

サクラの持っている杖もグレードアップしている。

その辺で拾ってきた木の棒きれみたいだった杖は、よく磨かれた硬い木材製になっているし、先端には聖水をたっぷり入れた瓶を抱く精霊の銀彫刻があしらわれており、精霊の額にはトワノライト支部所属の証であるエヴァニウムの結晶も埋め込まれている。

しばらく見ないうちにげっそりと痩せてしまったマイティとスティンキーが歓迎してくれた。

どうやら、その後も断続的に罠にかかるアカキバボアの肉で胃をやられてしまったらしい。

「お祭りの日のご馳走ってのは、毎日食べるようなもんじゃないねぇ」

「俺、胃袋は強いほうだと思ってたんだけどよぉ……無理だったぜ……」

新鮮なうちに食べ切れればいいのだけれど、そうもいかないのだとか。

ユウキたちが仕掛けた罠がとても優秀で、山から畑を荒らしに下りてきたアカキバボアをはじめとする魔獣が百発百中で捕獲できてしまうのだ。

ユウキの付き添いでやってきたアキノが、ふふんと胸を張る。

「塩漬けにするとしょっぱすぎるし、時間が経つと臭みが出てねぇ……という、そのお悩み！ピーターのお手伝い屋さんが解決いたします！」

アキノが取り出したのは、醤油だった。

ボトルの三分の一くらいが使われている。

本当ならもっと大切にケチケチ使いたいけれど、トオカ村の人たちが困っているならば仕方ない……とユウキが持ち出してきたものだ。

「とっておきの、ちょうみりょうです……っ」

目の前には切り身になってしまったアカキバボアの肉が積まれている。

クソマズい塩漬けにするか、このまま腐らせてしまうかの二択になっているのだ。

氷の魔術があればもっと新鮮なまま保存ができるようだけれど……あいにく、そのツテはない。魔獣の王フェンリルとしてのポチは、力の加減などはできない。

「アキノさん、はーぶをくださいい」

「これね？　お茶用のハッカノネなんだけど、いいの？」

「うん」

ずっとアキノの淹れてくれるハーブティーが「何か」に似ていると思っていた。舌がぴりぴりとする、あの独特の感じ。

そう、ショウガ湯だ。

毎日ハーブティーを淹れるアキノは、生薬やハーブについてかなり詳しいようだった。節約のためにと庭で育ててくれているハーブの中に、ショウガに似た味のものがあることがわかったのだ。

この世界では日常使いするには少々塩が貴重らしく、保存のための塩漬けにするのに使う以外にはあまり浪費できない。

それで基本的に料理が薄味になってしまうようだ。

アカキバボアは独特の獣臭さが時間が経つと強くなるという傾向があるらしい。ならば、調理法はひとつ。

「くさみがきになるのなら、しょうがやきにします！」

「ショウガヤキ？」

ユウキの言葉に村人たちが首を捻った。

聞いたことのない調理法だから無理もない。

すでに何度か作っている料理だ。

ユウキとアキノ、そしてサクラで下ごしらえをしていく。

「うう、聖水をこんなことに使っていいのでしょうか……？」

「おねがいしますっ」

「は、はい！　そうですね、美味しくいただかないと魔獣のみなさんにも失礼ですからっ」

ユウキ秘蔵の醤油とサクラが教団の泉から持ってきた聖水、ピーターが大切にしている酒、そしてすりおろしたハッカノネをまぜる。

醤油だけでは塩辛くなりすぎるので、水や酒で薄めるのがいい。

色々と試行錯誤をしている中で、聖水で肉に残った瘴気を飛ばすと、臭みがマシになることがわかったのだ。

「ちょ、料理に聖水……!?　うちの村が破産しちまうよ！」

「あ、あ！　先日から必要なことなら、聖水は無料で持ち出していいことになりましたので！」

サクラが慌てて訂正する。

「必要……なこと……？」

料理に使うなんて想定はなかっただろうが、美味しい料理はご機嫌に生きるのに必要だろう。

さらに。

今日のために取り寄せたのはオリンピアの結界の中で育ったリンゴっぽい果実だった。よくすりおろして、漬けタレに混ぜることで甘味を加える。

この世界で口にした中で、もっとも甘くてジューシーな食べ物だ。

砂糖や蜂蜜がわりになると思われる。

ちなみに蜂蜜は巣箱に溜まる前に瘴気に汚染されてしまうらしく、まったく出回らない幻の食品扱いらしい。

「汁気がなくなるまで揉み込んで……っと」

焚火を起こしてもらって、村で一番大きな鉄鍋を熱してもらう。

アカキバボアの脂身からジワジワと脂を抽出して、クズ肉は取り出す。

カンカンに熱したところで臭みの強くなった肉をいれて焦げ目をつける。

――ジュアアァ！

よくつけ込まれた肉が焼かれて醤油が香ばしく焦げる香りが充満する。

むしろ、食欲を刺激される香りだ。

「おお……？　なんだこれ、うまそう……」

「実際にうまいわよ～。ユウキの料理の味つけ、びっくりするくらい美味しいのよね……おかげで、最近お腹が……」

ふに、と腹の肉をつまむアキノに、ピーターが「むしろ年頃の娘らしくなっていいよ」と笑って、愛娘にすねを蹴られていた。

マイティとスティンキーはじめ、村人たちが今にも涎（よだれ）を垂らしそうな勢いでジュウジュウと音を立てる鉄鍋に釘付けになっている。

ポチまで「待ちきれないワン！」的な表情でユウキを見つめた。

「おいおい、うまそうだな……」

「見たことない色のソースだけど、なんだろう……この匂い……」

「匂いだけで、いくらでもパンが食えそうだ」

「でも、なんでだ……パンじゃなくて、別の『正解』がありそうっていうか……」

わかるよ、とユウキは頷いた。

（本当は……真っ白いごはんで食いたいんだよな、これ。豚肉なら味噌漬けもうまいし、砂糖をガッツリきかせて甘じょっぱくしたいし、バター醤油味にすりゃなんでも美味い……基本の調味料だけでも揃えばなぁ）

野菜も肉も、やっぱり元の世界の味にはおよばない。

まだまだ成長期のちびっこは、栄養満点の食事が恋しいのであった。

「……まじゅつのべんきょー、してみよかな？」

ユウキは魔術師リルカの言葉を思い出す。

幸いにして、魔術の筋がいいみたいなことを言ってもらったし。

もし、味噌も醤油もお米も元の世界から取り寄せられるようになったら……考えるだけでも、お腹が鳴ってしまう。

「さあ。ユウキ印のアカキバボア肉ショウガヤキ、できたよ！」

アキノの声に、トオカ村が沸き立った。

……この様子を、サクラの杖の先端に取り付けられた聖水瓶を通して見ている者がいた。

大精霊オリンピアである。

精霊に縁のある聖水さえあれば、そこに映る様子を見ることができる彼女は、遠い山奥から愛息子の楽しそうな様子を眺めながら、

「ああ、もう！　とびきり羨ましいですぅっ！」

と、隣に座っている旧い友人ルーシー・グラナダスの肩をぽかぽか殴っているのであった。


——この時に振る舞われたショウガヤキのあまりの美味しさに、村の収穫物を使って醤油をどうにか再現しようという動きが盛んになり、ついに再現された「ユウキ印のショウユ」がトオカ村を一躍有名にするのは、まだもう少し先のお話。

「……くしゅん！」

ショウガヤキを食べ終わったユウキがポチと遊んでいると、急に大きなくしゃみが出た。季節の変わり目かしら、と思っているとサクラが青い顔をして飛んできた。

「大丈夫ですか、ユウキ様！　い、今、魔力を」

「だ、だいじょうぶだよ、サクラさん!?」

「ん、ハーブティーが足りなかったかな」

「ありがとう、アキノさん。もうおなかいっぱいだよ」

お姉さんたちに取り囲まれているユウキに、ピーターが「そういえば」と声をかけてきた。

「魔術の勉強をしたいって、本気で取り組むつもりはあるかい？」

「うーん、まだわからないけど……やってみたいです」

もし、自分に向いているものならば、チャレンジしてみたい。

「それなら、魔術を学べる街に行かないと。入学試験では、才能（スキル）鑑定の儀式があるそうだし、面白いかもしれませんね」

なるほど、金髪ロリ女神の言っていた「特典」とやらの正体もわかるかもしれない。

それに、今の自分の実力を客観的に知るのは大切だ。

「なんでも経験です。ただし、無理しちゃいけないよ、ユウキ殿。風邪なんてひかれたら、隊長はともかく……オリンピア殿が取り乱しますからね」

それはそうかも、とピーターの言葉にちょっと心配になってしまった。

寒気もしないし、喉も鼻も痛くない。

これなら大丈夫だろう……けど……。

「ふぇっくしょん！　うー……また……。だれかが、ぼくのうわさをしてるのかもね」

念のため、ポチに寄り添って暖をとっておこう。

ユウキはもふもふの相棒を抱っこした。

◆

最大級の都市国家『アルテル』の若き王太子は、今日も体調がすぐれなかった。

どんよりした表情のままやってきたのは、魔術師であり賢者であり予言者である智恵（ちえ）の権化、魔術師リルカの住む図書館の塔である。

「はぁ……」

「お疲れですねぇ」

「まあな、魔王さえ倒せばどうにかなるという単純な希望があった時代がうらやましいよ」

今の時代を生きる人間たちは、瘴気に汚染された生活への対応で頭の痛い日々を送っている。先行きの見えない問題は、心も体も疲弊させる。

魔王を撃破したのちに、「ひとつ功績をなしとげた者が、いつまでも大きい顔をしているべきではない」といって身を隠してしまったかつての英雄たちがいれば……と何度考えたかわからない。

「何か景気のいい話はないのか？」

「そうですね。まあ、馬鹿な噂話というか与太話ですが……聖峰アトスの大精霊オリンピアと、かの救世の大英雄グラナダスに育てられた男が現れたそうで、今は彼を鉱山都市トワノライト隆興の立役者ピーター卿が鋭意教育しているとか！」

「……ぷっ、なんだそれは。御伽噺か？」

「しかもこの男……魔王時代を生き延びた魔獣の王！　伝説の魔狼フェンリルを従えているとか、いないとか！」

「あっはは、さすがに設定盛りすぎだ！」

従者の冗談に、アルベルティアの王子はやっと笑った。

「面白い話だが、少々やりすぎだな」

「ですよねぇ、あはは！　先日酒場で一緒になった、トワノライトから流れてきたとかいうミュゼオンの聖女崩れから聞いた話なんですが……いやあ、たいした想像力です。吟遊詩人か何かを目指してるのかもしれないですね」

「面白い奴だな、一度会ってみたいよ。ふふ、ははは！」

「自分は色々と情報網を持っているとか、元は学者の一族の出だとか色々言ってましたけど……あでる？　あべる、って言ったかな。まあ、変な女ですよ」

「なるほどな。はー、笑わせてもらった」

王子は笑いすぎて滲んだ涙を拭ってから、表情を引き締める。

図書館の塔。その最奥部に住む偉大なる魔術師は扉を一枚隔てた向こう側にいる。

気難しくて偏屈で、人嫌い。

そんな魔女と対するのは、それなりのストレスだ。

国として重要な相談があっての訪問を、「なんで来た」だの「邪魔だ」だの酷い言われようでなじられ、悪くすると追い返される。

……だが、今日は様子が違った。

扉を開くと、魔導師リルカは満面の笑みを浮かべていた。

「やあ、やあ！　王立学院の魔術学科に特待生を招聘してほしいのじゃが」

開口一番にまくしたて、リルカは推薦状をぺらりと王子に見せつけた。

――ユウキ・カンザキ。

そこには、聞いたこともない名が書いてあった。

「……誰？」

王立学院の特待生といえば、すでにめざましい功績をあげていて、親族や縁者にアルベルティア王国あるいはこの世界そのものに多大な貢献をした者くらいしか招聘できないのだ。

どこの馬の骨ともわからない者を特待生に、などリルカといえども無理難題ではないだろうか。

「失礼ですが、リルカ様。一体どこの出身の者でしょうか。生まれでも、育ちでもよいですが……」

「ん？　難しい問いだな、本質は旅人だし。だが……」

王子の問いに、リルカは機嫌を損ねることもなく楽しげだ。

世界最高の魔術師は、にんまりと笑った。

「山奥育ち、とでも言っておこうかな」


【完】

あとがき

ごきげんよう、蛙田アメコです。

お茶漬けにハマっています。高菜漬けをのせた冷や飯に、粉末だしと熱々のほうじ茶をまわしかけたやつがお気に入りです。録画した「必殺仕事人」および「必殺仕置人」を流しながら本書を書きました。かっこいいです、中村主水（なかむらもんど）。放送当時の世情を江戸時代に移植した、ぶっとんだ設定がたまりません、必殺シリーズ。

そうですね。生活リズムがすっかり老人です。

ちびっこが活躍するラノベを書くにあたって、あまりにも正しくない執筆態度だったのではないかと反省しています。嘘です。あまり反省はしていません。必殺シリーズ、時代劇だと思いきやちょっとしたスチームパンクＳＦなので、機会があれば皆さんぜひご覧になってみてください。私は何の宣伝をしているのでしょう。

取材の一環だと言い張って、イノシシ肉などのジビエを食べに行きました。

中国では猪という漢字で豚さんのことを表すのだそうです。とはいえ、やはり野生動物のお肉です。畜産業者の皆様の仕事により、美味しく食卓にやってきてくれる豚肉とは話が違いました。たくましい肉の繊維と、ワイルドな臭い……ただ、何か奇をてらった調理をする必要はないそうで。結局は、ショウガやニンニクなどの香辛料と、味噌や醤油といったジャパン古来のこってりした調味料で味付けしたものが美味しかったです。ちゃんと、しっかり、美味しかったです。命に感謝。

子どもは美味しいものをお腹いっぱい食べて、よく寝て、健やかに育ってほしいものです。徐々に自分の規格外さに気づいていくであろう、周囲に愛されるプニプニほっぺのユウキくんの今後にご期待ください。

末筆となりますが、皆様に感謝を。

素敵な世界観のイラストを添えてくださったox先生。企画の立ち上げから完成まで本当にお世話になりました担当編集の今林さん、推敲のお手伝いをしてくださった本田さん。デザインや印刷、書店への流通に関わってくださった、すべての皆様。ありがとうございます。

そして、読者の皆様。

とりわけ、今このページを開いてくださっております、そこのあなた。

本書を手に取ってくださって、本当にありがとうございます。また、デビュー前からご指導をいただいておりました鷹山誠一先生にも感謝を。

どこかでお目にかかれることを祈りつつ、このあたりで。

蛙田アメコ

山奥育ちの俺のゆるり異世界生活
〜もふもふと最強たちに可愛がられて、二度目の人生満喫中〜

2024年1月26日　初版第1刷発行
2024年2月14日　　　第2刷発行

著　者　蛙田アメコ

発行人　菊地修一

発行所　スターツ出版株式会社

〒104-0031　東京都中央区京橋1-3-1　八重洲口大栄ビル7F
TEL　03-6202-0386　（出版マーケティンググループ）
TEL　050-5538-5679（書店様向けご注文専用ダイヤル）
URL　https://starts-pub.jp/

印刷所　大日本印刷株式会社

ISBN　978-4-8137-9300-7　C0093　Printed in Japan

[蛙田アメコ先生へのファンレター宛先]
〒104-0031　東京都中央区京橋1-3-1　八重洲口大栄ビル7F
スターツ出版(株)　書籍編集部気付　蛙田アメコ先生